スープ屋しずくの謎解き朝ごはん
想いを伝えるシチュー

友井 羊

宝島社
文庫

宝島社

目次

第一話
似ているシチュー
7

第二話
ホームパーティーの落とし穴
55

第三話
ゆっくり、育てる
121

第四話
窓から見えない庭
173

第五話
やわらかな朝に
225

スープ屋しずくの謎解き朝ごはん
想いを伝えるシチュー

第一話

似ているシチュー

1

テーブルに置かれた白い陶器の深皿に、ほのかに緑がかったポタージュがたっぷり盛られていた。表面には黄金《こがね》色のオリーブオイルがあしらわれている。

本日の日替わりスープは下仁田《しもにた》葱《ねぎ》のポタージュだ。湯気と共に、じっくり火を通した葱の香りが立ち上る。

「いただきます」

奥谷理恵《おくたにりえ》はシルバーのスプーンを手に取り、先をポタージュに沈めた。思いの外さらっとしたポタージュをすくい、口へと運ぶ。舌触りは滑らかで、しっかりと熱々だった。

最初に葱の甘さが舌に広がり、ジャガ芋のぽってりとした食感が、それをいつまでも口の中にとどめてくれる。葱独特の風味は心地良い部分だけが引き出され、ブイヨンの旨《うま》みと一緒にコクの土台を支えている。

「美味《おい》しいです……」

理恵はため息を漏らす。するとカウンターの向こうで下拵《したごしら》えをしていたスープ屋しずくの店主の麻野《あさの》が笑みを浮かべた。

「ありがとうございます。旬の良質な下仁田葱が入手できたので、葱とジャガ芋、そしてブイヨンだけで作ってみました」

「それだけしか入っていないんですか？」

奥深い味わいはとても数少ない素材だけで作られているとは信じられなかった。

「最高の食材は、余計な手を加えずとも素晴らしい味に仕上がります。素材の魅力を生かすことも大切だと思っています」

もちろん麻野の技術のおかげでもあるはずだ。素材の質を見極め、手を加えない調理法を選べるのも実力の賜物《たまもの》なのだろう。

理恵はもう一度ポタージュを堪能する。シンプルだからこその、力強い味わいなのだろう。葱独特の青臭さは感じられない。これなら食後も臭いを心配する必要もなさそうだった。

テーブルの対面に座る井野《いの》克夫《かつお》と、その妻で理恵の上司に当たる布美子《ふみこ》も、同様にスープの味に驚いていた。

「これは美味しいな」

「そうね。ここのスープは相変わらず勉強になるわ」

克夫は笑顔を浮かべ、布美子は感心した様子だ。二人とも幸せそうにスープを口に運んでいる。

理恵たちは今、スープ屋しずくで朝食を摂っている。オフィス街にあるスープ料理をメインに扱う人気のダイニングレストランだ。

ランチタイムには野菜たっぷりのヘルシーなスープが手頃な値段で食べられるため、店内は客で満杯になる。外は持ち帰り用のスープを求める人たちで行列もできる。夜にはスープはもちろん、煮込み料理を中心とした栄養満点な品々に加え、ソムリエが選ぶワインなどのお酒を求める仕事帰りの会社員たちで、連日賑《にぎ》わっていた。

そんなスープ屋しずくには秘密の営業時間がある。平日の朝六時半から二時間、店を開けているのだ。

現在の時刻は朝の七時半で、店内には理恵たち以外の客は誰もいない。朝営業についてはは宣伝をしておらず、ショップカードや店頭看板の営業時間案内にも記載していなかった。そのため通りすがりに発見するか、口コミで知った客しか朝営業の時間に来店しない。今日みたいにほとんど来客がないことも、たまにあるのだった。

内装にはダークブラウンの木材がふんだんに使われていて、壁は白い漆喰《しっくい》で統一されている。十坪ほどのこぢんまりした店内にはカウンターと、四人がけのテーブルが三つ設置してあった。隅々まで掃除が行き届き、ほっと落ち着いた気持ちにさせてくれた。

理恵は皿に用意したパンを口に放り込んだ。こんがりと焼かれ、表面がつるっとしている。小麦の香りが生きた素朴な丸パンはポタージュとの相性が抜群だ。焼いてすぐのパンが食べられるのも、朝営業の魅力の一つになっている。

スープ屋しずくの朝営業は基本的に麻野一人でやっている。そのためドリンクとパンはカウンター脇に用意されていて、セルフサービスになっていた。その代わりどちらもどれだけ取っても自由で、焼きたてパンをつい食べすぎてしまうのが唯一の難点だった。

しずくの店内には柔らかい空気が流れている。朝はBGMが流れておらず、麻野の下拵えの包丁の音と空調、そして理恵たちが食事をする際の音だけが響いていた。

理恵は布美子を見遣《みや》る。布美子は理恵の職場の上司で、現在は産休中だ。結婚して井野という苗字《みょうじ》に変わったが、職場では旧姓の今野《こんの》で通していた。

出産予定日まで二ヶ月を切り、布美子のお腹《なか》は大きくなっていた。最近はずっと家で安静にしているそうだが、産科通院や軽い買い物の際にしか出歩けないのは息が詰まるらしい。そこで一月上旬の今日、夫と一緒にスープ屋しずくの朝営業にやってきたのだ。

「これ、レシピを教えてもらおうか。俺にも作れそうだし」

「ありがとう。克夫くんが出張から帰ってきたら一緒に食べよう」

克夫はこれから新幹線で地方へ出張するらしい。新幹線が出る駅は店からも徒歩で行ける。早朝に出発する必要があり、時間を合わせて布美子もしずくに立ち寄ることにしたという。食事後は別れて、布美子は電車とタクシーを使って自宅に戻る予定だ。

理恵は店内奥にあるブラックボードに目を向けた。スープ屋しずくは健康に配慮した料理を揃《そろ》えるというコンセプトを掲げている。そのためメニューにはそれぞれ食材を摂ったときに期待される効能などを表記してあるのだ。

下仁田葱は群馬県の特産品で、太くて短く、火を通すと甘みが強くなるのが特徴だという。葱には硫化アリルという成分が含まれ、疲労回復に効果が期待できるとされていると書いてあった。

「井野くんの今の職場は出張が多いみたいだね」

克夫はかつて理恵と同じ職場で働いていたが、布美子との結婚を機に転職した。現在の職種は詳しく聞いていないが、たびたび出張が入るらしい。年末も何度も出張が入り、家を空けている日が多かったそうだ。克夫はやる気のある笑みを浮かべた。

「子供が生まれたら何かと入り用ですからね。社内で成果を上げて、しっかり稼いでいきますよ」

そこで理恵は、店の奥に露《つゆ》の姿を発見した。スープ屋しずくにはカウンターがあり、その向こうは対面式のオープンキッチンになっている。オープンキッチンの奥はメインの厨房《ちゅうぼう》に繋《つな》がっているのだが、それとは別にもう一つドアがあった。現在、そのドアが少し開いていて、一人の少女が店内を覗《のぞ》いていた。

「おはよう、露ちゃん」

理恵が声をかけると露がドアを開け、会釈をして店に入ってきた。

「露、おはよう」

「おはようございます」

麻野露は店主の麻野の一人娘で、現在は小学五年生だ。露は毎朝、しずくの店内で朝食を摂る。ただし人見知りのため、慣れない相手がいると入ってこない場合がある。そのときは麻野が住居になっている二階にスープを運んでいた。

露がオープンキッチンから回り込んできて、布美子の近くで立ち止まる。視線が布美子のお腹に注がれていた。

「おっきくなりましたね」

露が目を輝かせている。妊娠の初期段階から露は布美子を気遣っていた。来店はひさしぶりのはずだから、大きくなったお腹に驚いているのだろう。布美子は穏やかに目を細めた。

「触ってみる？」

「いいんですか」

露は目を見開く。そしてしゃがみこんでから、恐るおそるといった手つきで膨らんだお腹に手を伸ばした。指先がワンピースの布越しに、なだらかな曲線に触れる。露は一瞬身体《からだ》を強張《こわば》らせたけれど、すぐに興味深そうにお腹に手のひらを当てた。

「あっ、今動きましたか？」

「そうだね。早く露ちゃんにも会いたいんじゃないかな」

優しい言葉に、露は照れたような笑みを浮かべる。麻野はそんな娘に慈しむような視線を向けていた。布美子が左手でお腹をさする。その薬指には結婚指輪がはめられていた。露はお腹から手を離した後、今度は指輪を見つめた。

「その指輪、やっぱり綺麗《きれい》ですね」

布美子のつける指輪は虹色の光を反射させていた。前に布美子と一緒に食事をしたときにも、露は指輪に興味を示していた。小学五年生の女の子らしく、指輪などのアクセサリーが気になるのだろう。そこでタイミングを見計らっていたのか、麻野が露の分のポタージュを理恵の隣に運んできた。

「お待たせ。ほら、ちゃんと席について食事をしなさい」

「はあい」

露は立ち上がり、椅子に腰かける。

「いただきます」

露はポタージュを食べて、満足そうな笑みを浮かべた。麻野のスープを味わう露は本当に幸せそうだ。

「その指輪は、どうしてそんな色になるんですか？」

食事を進めながらも露の興味は引き続き指輪にあったようだ。

「ジルコニウムという稀少《きしょう》な金属で作られているからなの。ジルコニウムは特殊な加工を施すことで、塗装をしなくても金属自体が発色するのよ。はい、どうぞ」

布美子が左手薬指から指輪を外し、露に手渡した。

「わっ、いいんですか」

露が緊張した様子で受け取り、指輪をまじまじと見つめる。指輪の表面が虹色に輝いていた。シンプルなリングではなく、波打つようなデザインが施されていた。側面に文字が刻まれている。以前見せてもらったが、布美子と克夫の名前と結婚記念日、そして〝With Love〟という文字が刻印されていた。

「ジルコニウムっていうんですね」

「私は昔から肌が弱くて、化粧もあまり濃くできないの。結婚指輪は一生ものでしょう。だからなるべくアレルギーが出ない金属で指輪を作りたかったんだ」

布美子は職場でも最低限の薄化粧で通していた。ナチュラルメイクが好みなのだと思っていたが、肌質の問題もあったらしい。

結婚指輪の材料としては金や銀、プラチナがメジャーだ。しかしそれ以外の金属での加工を請け負うブランドがあるのだそうだ。

ジルコニウムやチタンといった素材は一般的にレアメタルと呼ばれている。精製や加工などが難しいため、従来は装飾品などで使用されることは少なかった。工業用や化学製品などで使われていたが、技術の進歩によって指輪に加工することも可能になったという。

　最大の特色はアレルギーが起こりにくいことだった。金や銀、プラチナなどもアレルギーが発生しにくいとされているが、わずかに報告があるそうだ。だけど一部のレアメタルはほとんど人体に影響を及ぼさないらしい。

「だから念には念を入れて、克夫くんとのお揃いの指輪をジルコニウムでフルオーダーしたんだ。私の要望を全部受け入れてくれて、克夫くんには感謝してるよ」

　指輪を選ぶにあたって克夫も意見をしつつ、基本的には布美子が決めたらしい。注文した先は都内にある『ＲｉＮ』というショップで、理恵もファッション誌の紹介で見かけたことがあった。客の注文に応え、要望通りの指輪を作ってくれる人気の個人店だ。

　普段は何事にも淡泊な態度の布美子だが、指輪の話になると頬がかすかに紅潮する。話を聞いているほうにも幸せな気持ちが伝わってきそうだった。

「旦那さんの指輪も同じデザインなんですか？」

「えっ。……ああ、そうだよ。夫婦で揃えたんだ」

　露の質問に一瞬戸惑いの表情を見せてから、克夫は左手を差し出した。露が克夫の指輪をまじまじと見つめる。

布美子の指輪と同じ波打つようなデザインだが、男性の指に合わせて太く作っているのか、どっしりとした印象だ。店内の光を受け、指輪は暗めの銀色を基調にしつつ、青や緑、紫など幻想的な光を反射していた。そこで今度は露が不思議そうな表情を浮かべる。だけどすぐに笑顔になり、顔を上げた。

「ありがとうございます。旦那さんの指輪も素敵ですね」

「褒めてもらえて嬉《うれ》しいよ。布美子さんに任せてよかったと思ってる」

克夫は手を引いてから席を立ち、パンのお代わりを取りに行った。布美子が自分の分も持ってきてほしいと声をかける。二人の仲睦まじい様子を微笑《ほほえ》ましく思う。

しかし理恵は胸の奥に、もやもやとした気持ちを隠していた。発端は、克夫の妹である井野環奈《かんな》にあった。

年明けに布美子から連絡があり、克夫を含めて朝食を共にする約束をした。それと同じ頃に環奈からもスマホにメッセージが届いていた。環奈とは以前起きたとある騒動時に連絡先を交換してあった。そこで理恵は環奈から相談を持ちかけられたのだ。

環奈は年明けすぐ、若い女性と二人きりで会っている克夫の姿を、とある駅の近くで目撃したというのだ。しかも二人の間にはアクセサリーを入れるようなケースが置かれていたという。さらにまだ詳しく聞いていないが、他にも克夫に関する心配事を抱えているようだった。

理恵は窓に目を向ける。外との寒暖差のせいで窓ガラスは曇っていた。その向こうの外は明るくなっている。理恵は目を閉じ、ポタージュの最後の一すくいを口に運んだ。

2

改札を抜けると、駅舎の柱に目の大きいアニメキャラの広告が掲示されていた。理恵の知らない作品で、学生服を着た派手な髪色をした少女が可愛《かわい》らしい笑顔を浮かべていた。

理恵が降りたのは電気街として有名な街だった。家電製品やコンピューター類の販売店が建ち並ぶことで知られているが、同時にアニメやマンガに関する聖地としても名を馳《は》せている。駅近くではメイド服の女性がチラシを配っていて、外国人観光客が物珍しそうに辺りを見回していた。

待ち合わせ時刻ぎりぎりに、環奈が改札を抜けて駆け足でやってきた。

「お待たせしてしまってすみません。駅の構内で迷ってしまいました」

ホームから走ってきたのか、環奈は息を切らせていた。克夫の妹に当たる環奈は現在高校一年生だ。紺のダッフルコートにブルージーンズ、スニーカーという大人しめの服装だ。

環奈と初めて会ったのは昨年の夏頃、布美子の家にお呼ばれしたときになる。そのときに肩くらいで切り揃えられていた髪は少し伸び、健康的なふっくらとした体型に変化はなかった。

「気にしないで。早速行こうか」

「はい」

スマホを取り出して、目星をつけていた店に向かう。今日環奈と合流したのは、克夫に関する相談のためだった。休日の電気街は人でごった返していて、お祭りみたいに盛り上がっている。理恵たちが目指す先は中古フィギュアを扱う専門店だった。

理恵は道すがら、環奈から詳しい話を聞く。

発端は環奈が克夫と女性が二人きりで会っていた場面を目撃したことだった。それは環奈の家と克夫の家の中間にある大きな駅の近くで、冬休み中の環奈は買い物に来てたまたまカフェで友達とお茶をしていた。時刻は夕方頃で、そこに克夫と若い女性が入ってきたというのだ。

女性は克夫と同世代くらいで、二人の間にはアクセサリーを入れるようなフェルトで覆われた箱が置いてあった。

環奈が疑問に思った理由は他にもあった。克夫は出張に出ているはずだったのだ。環奈は買い物を済ませてから布美子の家に遊びに行く予定で、兄のスケジュールを把握していた。

実際にその後に布美子に会うと、克夫は昨日から遠方に出張をしていると聞かされる。新幹線を使わないと東京に来ることは難しい。戻ってくるのは二日後の予定だから、克夫がいることは不自然だった。

「後でお兄ちゃんにさりげなく確認したんですけど、ずっと出張先にいたと話していました。でもあの場所にいたのは間違いなくお兄ちゃんだったんです」

つまり克夫は出張期間中にわざわざ戻ってきて、女性と二人で会っていた。そしてその事実を妹や妻に隠していることになる。

「こんなことを相談されても迷惑ですよね。でも奥谷さんならお兄ちゃんを知っていて、話も聞いてもらえそうだったので……」

「いいんだよ。頼りにしてもらえて嬉しいくらいだから」

理恵がそう言うと、環奈はホッとした表情を浮かべた。

「ありがとうございます。都会に一人で来るのは怖かったんです。大人の人に同行してもらえて、すごく心強いです」

布美子と克夫の新居は都心から離れた郊外にあり、環奈の住む家も比較的近くにあった。

都心までは電車でも一時間もかからない。だが理恵自身、未成年だった頃はそのくらいの距離でも移動が怖かった記憶がある。普段遊び慣れていないらしい環奈にとって、騒がしい街に一人で来るのは不安だったのだろう。

二人で歩き、目的地である中古フィギュアの専門店に到着する。雑居ビルの二階にあり、ドアを開けると、所狭しとたくさんのアニメキャラの人形が置かれてあった。

「うわあ、すごいね」

理恵は思わず感嘆を漏らす。背の高いクリアケースには立体になったアニメキャラが並べられている。可愛い女の子もあれば、強そうな男性もいる。

理恵が子供の頃に観た憶《おぼ》えのあるアニメのキャラクターのフィギュアもあった。昔買ったおもちゃよりも造形がしっかりしていて、ちょっとだけほしくなる。

店内を探すと、目当てのフィギュアのある一画が発見できた。海外で人気のコミックのキャラを基にしたフィギュアがガラスケースに並んでいる。理恵も大作のアクション洋画で存在を知っていた。

「アメコミのフィギュアを集めるのが、お兄ちゃんの趣味だったんです」

大学時代から地道に集めていて、克夫の実家の自室にはたくさんのフィギュアが飾ってあったそうだ。しかし結婚を機に買うのを控えるようになり、新居にも持っていかなかったそうだ。

年末、克夫は突然実家に一人で顔を出した。そしてフィギュアコレクションを全て車に積み込んだそうなのだ。環奈が兄にフィギュアをどうするか質問すると、驚くべき答えが返ってきた。

「お兄ちゃんはコレクションを全部売ると言っていました。しかもお義姉《ねえ》ちゃんには内緒にするようにって口止めもされたんです」

それまでは大事にしていて、妹が触れることも許さなかった。不思議に思っていた矢先に、カフェで克夫を目撃した。思い悩んだ環奈は理恵に相談するに至ったのだ。

克夫と環奈は現在、母親と縁が切れていた。原因は母親の浮気と家出で、その過去によって環奈はひどく傷ついていた。克夫の不審な行動に人一倍不安を感じているのは、そのせいなのだろう。環奈は食い入るようにガラスケースに並ぶフィギュアに顔を近づけていた。

「これとこれ、あとこっちもありました」

今回の目的は、克夫が持っていたフィギュアの相場を確認することだった。インターネットだと情報量が多すぎて、うまく絞りきれないと環奈は話していた。また、環奈もアメコミにそれほど詳しくないので、克夫の部屋で見たものとネット上の写真だとうまく判別がつかなかった。そこで実物を見て判断することになったのだ。

環奈の記憶を頼りにメモを取っていく。その後、二軒ほど回ってチェックを済ませ、置いていなかったらしい商品はインターネット上での情報を頼りにした。

理恵たちは駅前にあるカフェに腰を落ち着けた。環奈のメモを頼りに計算をした結果、驚くべき数字が弾き出された。

「二十万円にもなるんだ」

環奈の記憶が確かなら、克夫の所持していたフィギュアを売った場合の総額は少いて、オークションで売れればさらに上がる可能性も考えられた。

なくとも二十万円近くになることがわかった。いくつかの商品にプレミアがついて
　二人が入ったカフェはビル内にあるオープンスタイルで、行き交う人々は程々に騒がしかった。環奈はクリームたっぷりのラテを飲み、理恵はブラックのホットコーヒーに口をつける。

「お兄ちゃんちの家計は全部、お義姉ちゃんが管理してるみたいです。出産や子育てを見すえて節約をはじめていて、高価な買い物も一切控えているそうです」

　環奈は布美子に懐いていて、新居にも頻繁に遊びに行っているそうだ。お腹の大きくなった義姉を気遣い、身の回りの世話も焼いているという。自然と家庭の事情にも詳しくなるのだろう。

「赤ちゃんグッズを揃えるのも色々と大変だよね。節約しているくらいだし、そのためのお金を用意しておいただけじゃないかな」

　環奈はカップを傾けてから、上唇についたクリームを紙ナプキンで拭き取った。外歩きで冷え切った手が温まらないのか、環奈はカップを両手で包み込むようにしていた。

「実は通帳を勝手に見たんです。夫婦共通のやつと、お兄ちゃんの、あとお義姉ち

ゃんのも。でもどっちにも二十万なんて入金はありませんでした」

環奈は暗い顔をしている。理恵は驚きつつも、ちゃんと告げることにした。

「通帳を勝手に見るのは駄目だよ」

「……すみません。でも場所はわかってたから、つい気になって」

場所は以前の騒動の際に知ったようだが、通帳は世帯にとって大事な情報だ。たとえ自由に家を出入りする親族でも勝手に見ていいものではない。

「心配なんです。お義姉ちゃんも、生まれてくる子供も、幸せになってほしいから」

やってはいけないことだと、環奈もきっとわかっている。それでも手が伸びてしまった胸中を思い、心が痛くなる。前回も浮気にまつわる不安が募り、環奈は突飛な行動に出た。環奈の心には母親の件が未だに大きな傷として残っているのだ。

「急な支払いがあったのかもしれないし、家のどこかにあるのかもしれない。健診費用や入院費の先払いとか、大人には色々と急なお金が必要になるときがある。きっとお金はそのために使われたんじゃないかな」

言えるのは常識的なことだけだ。環奈はうつむきながらうなずいたが、納得しているようには見えない。理恵が駅まで送ると、環奈は深々と礼をして感謝を告げた。

改札の向こうに環奈の姿が消えていく。一度振り返ってもう一度理恵に頭を下げた。明るく振る舞っているが、無理をしているのは明らかだった。

不安が少しでも減ればいいと思った。だから一緒に行動してアドバイスをしたが、それらの行いが正しかったか自信が持てない。環奈の行動を大人として厳しく叱《しか》るべきだったのだろうか。透き通った冬空の下で帰路につきながら、理恵は自問自答を繰り返した。

3

朝から気温が低く、布団の中でも寒さを感じた。曇っているけれど温度が低く、理恵は洗顔の後、化粧水や乳液、クリームで入念にケアしてからメイクに臨んだ。会社での保湿のために化粧水入りのスプレーもバッグに用意する。

眠気をこらえて電車に乗り込む。早朝にスープ屋しずくを訪れるのは、絶品の朝食を食べられる以外にもメリットがあった。朝の通勤ラッシュに巻き込まれないことだ。

通常の出社時間に合わせると、大量のスーツ姿の男女に押しつぶされることになる。しかし一時間早く乗り込むと電車は空いていて、目的地まで座ることができた。

居眠りしながら電車に揺られ、会社の最寄り駅に到着する。地下鉄の駅から地上に出ると、やはり空気がひどく乾いていた。呼吸するだけで喉が乾燥を訴える。風が強く、砂埃《すなぼこり》や枯葉が舞っている。理恵は駆け足でスープ屋しずくに向かった。

店には今日もOPENのプレートがかけられていて、暖かそうな光が店先を照らしていた。ドアを開くとブイヨンの香りが暖かな空気と一緒に吹き出してくる。理恵は素早く店内に入り、ドアを閉める。

「おはようございます、いらっしゃいませ」

麻野がカウンターの向こうから、いつものように挨拶をしてくれた。ブイヨンの香りが漂っている。店内は適度な湿度で満たされていて、理恵はひと息ついた。

「おはようございます」

理恵は挨拶を返し、店内に見慣れた顔ぶれがいることに気づく。

「おはようございます、奥谷さん」

「理恵さんだ。偶然ですねえ」

テーブル席に座っていたのは、克夫と伊予《いよ》だった。長谷部《はせべ》伊予は理恵と同じ部署で働く後輩で、一緒にフリーペーパーのイルミナを作っている。理恵はショートトレンチを脱ぎながら二人のいる席に近づいていった。

「どうしたの？」

「たまたま店の前で鉢合わせしたんですよ」

「これから日帰り出張だから、せっかくなんで寄ったんです」

「井野くん、本当に出張が多いんだね」

理恵はコートを壁際にかけてから、伊予の隣に腰を下ろした。

「年末年始も出張続きでした。それだけ仕事を任せてもらっているのはありがたいんですけど、さすがにしんどいですね」

克夫がおおげさにため息をつく。

「お疲れさま。このメンバーが揃うのも懐かしいね」

克夫の転職前は三人で何度か食事に行ったことがある。編集長の布美子は当時取っつきにくい印象で、社外で会うことは基本的になかった。

理恵が席に着くと、麻野がカウンター越しに声をかけてきた。静かな店内に麻野の声はよく通った。

「本日の日替わりスープはアイリッシュシチューです」

「アイルランドの料理ですか？」

質問をされた麻野の口角が上がった。スープの質問をされると、麻野はいつも楽しげに返事をしてくれる。

「アイルランドの伝統的な家庭料理です。羊肉を使っていますが、大丈夫でしょうか」

日本では羊肉は馴染《なじ》みが薄く、苦手な人も多い。だから配慮してくれたのだろう。克夫や伊予の前にはクローバーがあしらわれた可愛らしいスープ皿が置かれ、肉や野菜が入った無色のスープが盛られていた。煮込まれた野菜の甘い香りが食欲をそそる。

「平気ですよ。食べたことがないので楽しみです」

「かしこまりました。アイルランド発祥のソーダブレッドと一緒にお楽しみください。こちらはイーストで発酵させず、重曹で焼き上げたパンになります」

理恵の返事を受けて、麻野が皿を用意する。その間に理恵はセルフサービスコーナーに向かう。ルイボスティーを注いでから、パンが盛られたかごを覗き込む。

そこにはいつもの丸パンやスライスしたフランスパンの他に、見慣れない濃い茶色のパンがあった。これがソーダブレッドなのだろう。皿に盛りつけてから席に戻る。伊予も克夫も笑顔でスープを食べ進めていた。克夫がパンをちぎる際、左手が目に入る。

「今日は指輪をしていないんだね」

克夫の左手薬指には指輪がはめられていなかった。すると克夫は左手を隠すように右手で覆った。

「仕事柄、荷物を運ぶことが多いんで、普段は傷をつけないように外しているんです。でもバッグの中に入れて持ち歩いていますよ」

「でも通勤時くらいはつけてもいいじゃないですか。浮気を疑われちゃいますよ」

伊予が意地悪そうな笑みを浮かべ、克夫が苦笑いで返す。

「浮気なんてやらかしたら、布美子さんや環奈に殺されるよ」

やりとりが冗談だとわかっているが、理恵は内心でどきりとする。そこで伊予は何かを思い出したらしく顔を上げた。

「布美子さんから聞きましたよ。井野さん、年末に出張先で指輪を置き忘れてきちゃったんですよね。そのせいで新年は指輪なしで過ごしたって愚痴ってましたよ」

「えっ、聞いたんだ」

克夫は心底申し訳なさそうに背中を丸める。

「いやあ……、あれは本当にすまなかったと思ってるよ」

伊予は少し前に世間話をするため、布美子に電話をしたらしい。出産を控えて身動きの取りにくい布美子を慮《おもんぱか》っての行動だと思われた。

克夫の入った会社は規模が大きく、全国に支社が点在していた。そして出張が多いため、社内に社員が利用できる宿泊施設が用意されているというのだ。

克夫は年末の出張で宿泊施設を利用した際、指輪を置き忘れてしまったという。しかも気づいたときには仕事納め後であり、宿泊施設は閉められていた。結局年明けに再度そこに出張する予定が入っていたため、自分で赴いて指輪を回収したそうなのだ。

「布美子さんは許してくれたけど、余計な心配をかけたと反省しているよ。今はストレスを極力かけたくないからな」

克夫が神妙な面持ちでいると、トレイを持った麻野が近づいてきた。

「お待たせしました。アイリッシュシチューです」

麻野が理恵の前にスープを用意してくれた。理恵はスープ皿を覗き込む。透明なスープに煮込まれたジャガ芋や羊肉、玉ねぎ、人参《にんじん》などの具材がごろごろと入っている。理恵は木のスプーンを手に取り、羊肉とスープをすくって口に運んだ。

「あ、食べやすい」

羊肉と野菜の旨みがスープに溶け込んでいる。羊肉特有の臭みは抑えられ、ほとんど感じられない。材料の目利きと丁寧な下処理の賜物なのだろう。

隣に座る伊予が具材の羊肉を口に入れ、しばらく咀嚼《そしゃく》してから飲み込んだ。

「そうなんですよ！　実はわたし、ラムとかマトンがちょっと苦手なんです。でもしずくの料理ならいけるかなって思って頼んだら、めちゃくちゃ美味しくてびっくりしました」

ローリエなどのハーブの香りも、うまく羊肉の臭みをマスキングしている。ジャガ芋は割ったみたいに表面がでこぼこで、スープが染み込んでいた。スープの適度なとろみは、溶け出したジャガ芋由来のようだ。人参や玉ねぎも、ほっとする味わいだ。

理恵は次にソーダブレッドをちぎって食べた。外はさくっと、中はふわっとしている。ぽろぽろと舌の上で崩れ、小麦の味がシンプルに楽しめるあっさりとした味わいだった。独特の苦みに覚えがあるように感じられた。少し考え、どら焼きの皮を思い出す。どら焼きも重曹を使うと聞いたことがあるので、共通の風味が生まれたのだろう。

深く息を吐く。仕事や人間関係によって自然とストレスが溜《た》まっていく。それは自覚していなくても身体を強張らせている。だけど麻野のスープを口にすると、不思議と緊張が解《ほぐ》れた。

そこで露が奥の戸を開けて店内に入ってきた。挨拶を交わした後、露はカウンター席に座った。

「初めて食べるのに、なんだか懐かしい味がするね」

理恵はスープを食べ進める。羊肉に馴染みはないし、アイルランドとも縁がない。それなのにどこかホッとする味わいだった。

「それ、わかります。具材が肉じゃがみたいだからですかねえ」

伊予の言うとおり、ジャガ芋や人参、玉ねぎ、そして肉という構成は肉じゃがを思い起こさせる。するとカウンターの向こうでジャガ芋の皮を器用に包丁で剝《む》いていた麻野が会話に入ってきた。

「ご明察です。アイリッシュシチューは日本料理とも関わりの深い料理なんですよ。肉じゃがとも遠縁にあたるかもしれません」

「そうなんですか？」

理恵が興味を抱くと、麻野がシチューについての蘊蓄《うんちく》を教えてくれる。スープにまつわる話になると麻野の口舌は特に滑らかになる。好きなことについて話す麻野の姿が、理恵は密かに好きだった。

「シチューといえば日本ではクリームシチューを指しますよね。生クリームや牛乳仕立ての白いシチューは冬の定番ですが、あれはアイリッシュシチューを基にして作られたと言われています。戦後、子供たちに栄養価の高い牛乳を食べさせるために考案されたという説もあるようです。海外では日本料理として紹介されることもあるのですよ」

「外国の料理じゃなかったんですね」

クリームシチューは理恵も子供の頃から好きな料理だ。スープ屋しずくでも定番料理になっていて、ミルクの風味たっぷりのシチューは思い出すだけで食べたくなる。

「肉じゃがの発祥も諸説あるようですが、ビーフシチューを作ろうとして生まれた料理という説が有名ですね。どちらも外国の料理から生まれて、日本の定番になったわけです」

伊予は柔らかそうな丸パンをほとんど飲み干したスープの残りに染み込ませ、スプーンにのせて食べた。

「なるほど。クリームシチューも肉じゃがも、どちらもまねっこの料理なんですね。

どっちもオリジナルが他にあるって知ると、なんかショックだなあ」

好きだったものに本家本元があって、複雑な気持ちになるのは少しだけ理解できる。ただ、伊予の口調は冗談めかしているので、本気でショックを受けているわけではないだろう。

そこでふと、克夫が沈んだ表情をしていることに気づく。だけどそれは一瞬で、克夫はすぐに普段通りの表情に戻った。

「俺はアイリッシュシチューもクリームシチューも、肉じゃがもビーフシチューも全部好きだな。心を込めた料理が一番のご馳走だと思うんだ」

伊予がパンを飲み込んでから口を開いた。

「そうですねえ。そういえばみなさん、クリームシチューの肉は何派ですか？」

理恵は昔から鶏肉なのだが、伊予と克夫は豚肉派だった。しかし豚肉でも薄切りと角切りで分かれ、さらに途中から入ってきた露のシーフードが一番好きという発言で混迷を深める。そして麻野によるクリームシチューに牛肉も案外合うというコメントによって会話は盛り上がっていく。

時間はあっという間に過ぎ、克夫は新幹線に乗るために店を出て行った。窓の外はすっかり明るくなり、伊予は店を出る前にお手洗いに向かった。麻野は奥の厨房にいる。露がカウンター席から降りて、理恵に話しかけてきた。

「井野さん、何かあったのですか？」

「どうしてそう思うの？」

「何か後悔しているような雰囲気だったから。あの、クリームシチューや肉じゃがの話をしているときに、そんな感じでした」

露は他人の抱える負の感情を敏感に察知する。露にとっては、そう感じ取るだけの根拠があるのだろう。だけど麻野と違ってうまく言語化することができない。

「どうしたんだろうね。今度聞いてみるよ」

「ありがとうございます」

理恵に礼を告げると、カウンター奥の戸に消えていった。支度を整え、小学校に登校するのだろう。ホールに戻ってきた伊予と共に会計を済ませて、理恵たちは店を出た。乾いた空気に理恵の吐息が白く染まる。歩道を進むたくさんのサラリーマンに理恵たちも合流する。

「ひさしぶりに井野さんと話せて楽しかったですねえ」

「そうだね。懐かしかったな」

同じ部署で働いていた頃、克夫と協力し合って仕事を進めた。頼れる同僚であり、信頼できる仲間だった。環奈が心配するような不義理を働く人ではないと理恵は信じていた。

その日の夜、理恵のスマートフォンに環奈から着信が入った。時刻は夜九時で、理恵は帰宅して自室マンションでくつろいでいた。

「あの、もしもし。夜分遅くすみません、実は……」

表情がわからないので断言はできないが、声色からは環奈の戸惑いが伝わってきた。数日前、環奈の家にアクセサリーショップから封筒が届いたというのだ。克夫宛だったが、環奈は封を開けてしまったという。

「送り主は、『北軽井沢《きたかるいざわ》指輪工房』ってところだったの。手紙が入っていて、指輪の納品書を忘れたので郵送しますって書いてあったんです」

他人に宛てられた手紙を勝手に開けるのはマナー違反だ。しかし環奈は気になるあまり、封筒を開けてしまった。環奈の不安を取り除けなかった自分に不甲斐なさを覚えた。

環奈はアクセサリーショップについてインターネットで調べたという。女性向け商品を主軸にした店で、場所は都心から離れた地方都市にあった。客の要望に応えて職人がフルオーダーで作ることを売りにしているようだった。

「お兄ちゃん、二十万円もする指輪を買ってた。お兄ちゃんたちが指輪を作ったお店って都内だから、ここじゃないですよね……」

言葉の最後は消え入りそうだった。環奈は兄がフィギュアを売った金でアクセサリーを購入し、その事実を布美子に隠していると考えているのだろう。

克夫を信じたい気持ちが強いため、疑念を表に出して直接問いただすことは難しいだろう。出産を控える布美子に報告するのは負担になるので絶対に駄目だ。理恵は小さく息を吐いた。

「環奈ちゃんに提案があるんだ」

電話の向こうで環奈がつばを飲み込んだ。理恵の申し出に最初は戸惑っていたが、環奈はすぐに承諾してくれた。電話を切り、小さく息をつく。

スマホのアラームアプリを起動して、出社に間に合う起床時刻より一時間前にアラームが鳴るようセットする。電話の向こうのか細い声を思い出す。提案が良い方向に向かってほしいと、理恵は心から願うのだった。

4

理恵の目の前にある皿から、ミルクとチキンブイヨンの香りがふわっと立ち上る。木製のボウルに盛りつけられた白色のシチューに、見慣れないキノコがたくさん入っていた。

本日の日替わりスープは、たっぷりキノコのクリームシチューだ。

理恵は水牛の角でできたスプーンを手に取る。具材として数種類のキノコの他は、人参や玉ねぎ、ジャガ芋、そしてベーコンが入れられていた。スプーンでシチューを口に運ぶ。

普段のしずくのシチューはさらっとしているけれど、今日はとろみが強かった。だけど脂肪分は控えめだからか、すっきりした味わいだ。何より幾重にも絡まったキノコの旨みが、スープにたしかな満足感を与えてくれていた。

「今日のスープも素晴らしいです」

理恵はブラックボードを見る。エノキやマッシュルーム、シロマイタケなど定番のキノコの他に、ヒラタケやホンシメジが入っているらしい。どちらも普段スーパーで買えるブナシメジに似ているが、食味も食感も違っていた。

ヒラタケは名前の通り平べったく、食感に弾力があり歯応えがあった。エネルギー代謝をサポートするというパントテン酸が含まれているらしい。

ホンシメジはブナシメジを大きく丸っこくした形をしていた。大きいだけあり食べ応えがあって、驚くほど強い旨みがあった。〝香り松茸味シメジ〟と呼ばれたキノコは、こちらのホンシメジのほうらしい。

さらにホンシメジにはシジミに入っていることで名を知られているオルニチンが含まれていた。肝臓の働きを助けることで、二日酔いの改善や疲労回復に役立つのだそうだ。

「美味しい……」

カウンター席の隣に座る環奈がシチューを口にして、ため息を漏らすように言った。

たくさんのキノコがスープに旨みを与え、クリームや野菜、ベーコンのコクと合わさっている。さらにキノコの多種多様な食感が舌を楽しませてくれた。

しばらく料理を味わってから、理恵はスプーンを置き、麻野に顔を向ける。

「あの、麻野さん。実は頼みたいことがあるんです」

「何でしょう？」

麻野は笑みを湛《たた》えたまま、不思議そうに首を少し傾けた。

スープ屋しずくに通うようになって一年以上経《た》った。その間に麻野は何度も謎《なぞ》を解決して、多くの人たちの心を救ってきた。

ただ、麻野に安易に頼るのは控えようと常々思ってきた。麻野は優しい人だ。お願いすれば引き受けてくれるけれど、麻野にも悩みを背負わせることになる。

だけど理恵の力では、これ以上環奈の助けになることは無理そうだ。心苦しいけれど、麻野の力を借りるしかない。

理恵は環奈が悩みを抱えていることを説明する。隣で環奈は申し訳なさそうにうつむいていた。理恵は麻野に頭を下げた。

「本当にすみません。でも麻野さんの力を貸してください」

理恵に続き、高校の制服姿の環奈も頭を下げる。家からは遠いが、部活の行事があると断って早朝に家を出てきてもらった。紺色を基調にして、襟やスカートにチェックをあしらった制服だった。

「麻野さんがこれまで色々な謎を解決してきたことは、理恵さんから聞きました。

どうかよろしくお願いします」

昨日の夜、理恵は環奈に麻野に相談することを提案した。実は麻野が前回の謎を解決した際、環奈は麻野の推理を人伝《ひとづて》に聞いただけだった。そのため麻野のこれまでの実績や推理力についてよく知らなかったのだ。

第三者に身内の問題を広めることに繋がるため、環奈は抵抗を感じていたようだ。しかし理恵を信頼してくれたようで、麻野に事情を打ち明けることに同意してくれた。

「お話を聞くだけになるかもしれませんが、それでよろしければ喜んで」

やはり麻野は嫌な顔一つ見せずに引き受けてくれた。だからこそ善意を利用しているようで、申し訳ない気持ちになる。

「ただ、料理の下準備をしながらでもよろしいでしょうか。実はそのほうが考えがまとまるので」

麻野はこれまでも料理をしながら話を聞き、いくつもの推理を披露してくれた。器用だなと前から思っていたが、思考の助けになっていたのだと初めて知った。

「ありがとうございます」

「すみません。よろしくお願いします」

環奈が頭を下げ、麻野に最近の悩みについて打ち明けた。ところどころ理恵も補足し、環奈が目撃した際に克夫が出張中のはずだったことや、克夫が指輪を出張先に置いてきていた件なども、少しでも関係ありそうな情報は全て説明する。麻野は手際よくトマトを湯剝きしながら、小まめに相槌《あいづち》を打ちながら話に耳を傾けていた。

「……以上になります」

話し終えたとき、麻野はニンニクの皮を小さなナイフを使って器用に剝いていた。つるっとしたニンニクがプラスチック製のふた付き容器にたくさん入れられる。麻野は難しい顔をして、環奈をじっと見つめた。

「最初に断りを入れておきます。今回の件は、井野さんご夫妻の問題に触れることになります。本来は身内でも、当事者以外が関与するべきではないでしょう」

そこまで言って、麻野は環奈の表情に気づき、しまったという表情を浮かべる。環奈は不安があふれ出すあまり、今にも泣いてしまいそうだ。

「すみません。不用意に強い言葉を使ってしまいました。不貞行為などの可能性はおそらくないだろうと、まずは言っておくべきでしたね」

「そうなんですか……?」

涙目の環奈に対し、麻野がはっきりとうなずく。

「僕はそう考えています」

「でもお兄ちゃんは内緒でお金を作って、高価なアクセサリーを買っていて」

「状況から考えて、それは正しいと思います。井野さんはショップにオーダーして、二十万円相当の指輪を購入したのでしょう。ただし、理恵さんや環奈さんも実物をご覧になっているはずだと思いますよ」

　理恵は首を傾げる。そんなアクセサリーに心当たりがなかった。それに麻野はなぜか克夫が購入した品を指輪だと断定した。そこで理恵は、ある可能性に気づく。環奈はまだわかっていないようだ。麻野は小さなナイフを流水で洗った。

「オーダーした指輪は井野さんが普段から持ち歩いているのだと思います。つまり井野さんは結婚指輪を紛失したのではないでしょうか」

「えっ」

　環奈が声を上げ、それから言葉を失っている。麻野は手を洗った後、カウンターの陰に置かれていたスマートフォンを手に取った。手早く操作してから、ディスプレイを環奈に見せた。

「少し調べただけでも、一割強から二割弱近くの人が結婚指輪を失《な》くした経験があるようですね。十人に一人か二人と考えれば、決して珍しいことではないでしょう」

「井野くんは仕事の都合で、指輪のつけ外しを頻繁に行っていると言っていました」

「実は僕も調理中は外しているので、過去に何度か失くしかけたことがあります。そのたびに妻に怒られていました」

麻野が珍しく萎《しお》れた様子で言った。結婚指輪はつけ続ける人ばかりではない。仕事の都合や体質などで小まめに外す場合、小さな指輪を紛失することは充分起こり得る。克夫の場合も状況はわからないが、不注意から指輪がどこかへ行ってしまったのだろう。

「お話から察するに、出張中にどこかで失くしたのでしょう。不幸な出来事であり、当事者以外が非難することでもありません」

きっと何度も探したはずだ。だけど結局指輪は見つからず終《じま》いだった。

「井野さんは責任を感じたはずです。だけど出産を間近に控えた布美子さんに無用なストレスを与えたくなかった。だから新たに作り直すことに決めたのだと思います」

「……嘘《うそ》をつくのはいけないことだと思います。だけどそれが本当なら、お兄ちゃんの気持ちもわかります」

環奈がうなずく。布美子は三十代の後半であり、本人も高齢での出産を気にしている。また布美子が指輪について話すときの幸せそうな表情を思い出す。克夫も同じことを考え、失くした事実を隠す道を選んだのだろう。そして克夫は資金を捻出するべく、フィギュアコレクションを売却した。

「井野さんはわざわざ、作ってもらったショップとは違う店に依頼をしました。もしかしたら井野さんが作り直しを注文した店は、最初のショップと関係があるかもしれません。ネットなどで公式ホームページを調べれば、何かわかるかもしれませんよ」

環奈は慌ててスマートフォンを操作する。理恵も同じように、環奈から聞いていたブランドのサイトを検索した。デザインの凝ったサイトをながめ、職人の紹介ページを閲覧する。するとそこには職人が数ヶ月前に独立したばかりであること、そしてその前は井野夫妻が注文した人気ショップで働いていたことが書いてあった。

「夫妻の指輪を作った職人さんが独立したのかもしれません。露が楽しそうに話していましたが、稀少な金属を使った変わったデザインの指輪だったのですよね。忠実に再現するにはその方の技術が必要だったとも考えられます」

ホームページをしっかりと調べていれば気づけたことだった。誰かを疑う以上、丹念に調べるべきだったと思う。しかし環奈は追い詰められ、確認を怠ってしまった。

　そこで理恵がふと、あることを思い出す。

「そういえば露ちゃんが、指輪を見て首を傾げていました」

「同じ職人でも店が違う以上、道具や設備の関係で仕上がりが異なるのは当然でしょう。布美子さんの指輪とのかすかな違いを感じ取ったのかもしれません。あの子は自覚できていないけれど、色々なことを敏感に察知しますから」

　布美子の指輪と見較《みくら》べて作ることもできないから、波状のデザインなど厳密には再現できないはずだ。会社が変われば設備も違うだろう。ジルコニウム特有の虹色の光の加減も微妙に異なったのかもしれない。刻印も文字の形などが、布美子のものと異なっていたことも考えられる。理恵は気づけなかったが、露は布美子の指輪と立て続けに見たことで違和感を覚えたのだろう。

「井野さんは、年明けの出張時に指輪の受け取りをしたことになります。それは地方にあるショップからの発送を待てず、直に受け取るためだったのでしょう」

　出張中だから、きっと強引に空き時間を捻出したのだと思われた。だが運悪く、その現場を妹に見られてしまった。

「高価な品ですから、本来なら井野さんがショップまで赴くはずです。でもお店は地方にあるようです。時間のない克夫さんの事情に配慮して、店の方が出向いて中間地点で受け渡しをしたのかもしれません。個人店なら充分ありえることでしょう」

麻野が手を入念に洗ってから、ニンニクの入った容器を冷蔵庫にしまった。

「井野さんの心情を考えれば、契約時の住所は布美子さんに知られないよう実家にしたはずです。その上で手紙などを送らないよう、店側に頼んだ可能性があります。だけど何らかの連絡ミスが起こり、手紙が発送されてしまった。それを環奈さんが受け取ってしまったのだと思います」

理恵は前に克夫と伊予の三人で食事をしたときのことを思い出す。クリームシチューや肉じゃがが本家の真似をした料理だという話をした際に、克夫は複雑そうな表情を浮かべていた。あれは自身の指輪がコピーであることを思い出していたからなのかもしれない。

「もしも僕が井野さんの立場だったら、出産の後に指輪のことを打ち明け、布美子さんに説明と謝罪をすると思います。今は心労をかけないことが第一ですから、ひとまずそれを待ってもいいかと思います」

環奈はうつむいている。しばらくそのまま黙り込み、小さく息を吸い込んだかと思うと、カウンターテーブルに環奈の涙がこぼれ落ちた。

「浮気なんて絶対にするわけないのに、どうしてお兄ちゃんを疑ったんだろう」

「環奈ちゃん……」

理恵は環奈の手を握る。母親が出て行ったことに対する心の傷の深さは、前回の騒動や今回の問題で、胸が苦しくなるくらい伝わってきた。理恵には勘違いを責めることはできない。環奈の手は固く握られ、震えていた。

「スープが冷めてしまいましたね。温め直しましょう」

環奈の前にあるシチューは半分以上残っていて、すっかり冷えていた。麻野は環奈の前にあった皿を持ち上げ、小さな鍋に移し替える。そして冷蔵庫からラップのかけられたボウルを取り出し、何か白いものを加えた。それからコンロを点火し、再度火にかける。

麻野が環奈の前に皿を置く。

「どうぞ。熱いのでお気をつけください」

「……ありがとうございます」

フレッシュなミルクの香りではなく、クリームの風味が理恵にも伝わってきた。加えたのはベシャメルソースらしく、あらためて濃厚な味に仕上げたらしい。ベシャメルソースは牛乳にバターと小麦粉を混ぜて作ったソースで、一般的なクリームシチューのベースとして使われる。

香りにつられて、環奈がスプーンに手を伸ばす。最初よりとろりとした、熱々のシチューをすくって口元に運んだ。環奈は熱そうに唇を動かしながらも口に含む。目を閉じ、顔をしかめながら何とか飲み込んだ。

「熱いけど、すごく美味しいです」

環奈の声には先ほどとは一転して、美味しいものを食べたときの喜びがあった。

「お気に召したようで何よりです」

麻野が微笑むと、環奈が深く息を吐いた。

「ありがとうございます。不思議と気持ちが落ち着きました」

表情は穏やかなものに変わっていた。環奈は熱々のシチューに視線を落とす。

「指輪の件は、お兄ちゃんに任せます。今はまず、お義姉ちゃんが無事に出産することだけを考えたいと思います」

環奈が理恵と麻野に向けて頭を下げた。

「お二人のおかげです。ありがとうございました」

今回理恵にとって何より心配だったのは、環奈の心の有りようだった。母親に関する心の傷は消えていないだろう。

だけど今このときだけでも、環奈が健やかに過ごせるようになればいいと思っていた。少なくともそれは麻野のおかげで達成できたらしい。

「僕は大したことはしていませんよ」

環奈の感謝の言葉に対し、首を横に振る。それから麻野が理恵に視線を向けてきた。

「先ほどの理恵さんからは、環奈さんの助けになりたいと心から願う気持ちが伝わってきました。誰かのために一生懸命になれるのは本当に素晴らしいことだと思います。僕はそれに応えただけです」

麻野の言葉が嬉しくて、動揺を抑えるのに必死になる。窓の外は薄ぼんやりと明るくなりはじめていた。ドアベルの音が鳴ったけれど、知人でなければいいと理恵は祈った。誰かに会ったらきっと、顔が真っ赤になっているのを不審に思われてしまいそうだ。

数日後、環奈から連絡があった。理恵はクーポン誌に掲載する写真撮影のため、担当する美容院に向かっていた。信号待ちの間にスマホを確認し、環奈からのメッセージに目を通した。

北軽井沢指輪工房から納品書が実家に送られたことを知った克夫が、実家にあった封筒が開けられていた事実に気づいたらしい。その上で環奈が最近、こそこそと何かをしていることについて、探りを入れてきたそうなのだ。妹の不審な行動を、兄は察知していたようだ。

環奈は誤魔化そうとしたが、結局観念して指輪の推理について克夫に訊《たず》ねた。克夫は驚きつつも、指輪の紛失と新しい指輪の購入を認めた。出産後に打ち明けるつもりだということも含めて、麻野の推理は正解だったのだ。

納品書に関しても麻野の推測は当たっていた。本来は指輪を渡される際に克夫が店員から受け取るはずだった。しかし出張を抜け出した克夫には時間がなく、慌てていたため忘れていたのだ。そのため実家に郵送されることになったのだ。

その後は兄妹で話し合い、布美子には黙っておくことで合意したらしい。後で打ち明けたら、布美子は最初怒るかもしれない。けれどストレスを与えたくないという克夫の気持ちを、きっと汲《く》んでくれるはずだ。

青信号に変わり、理恵はスマホをバッグに入れる。今日は陽射しが強く、歩いていると軽く汗ばんでくるほどだった。理恵はマフラーを外して、横断歩道へと一歩踏み出す。

予定日まであと二ヶ月だ。その頃には暖かくなっているだろうか。新たに築かれる家族に、どうか幸せが訪れてほしい。雲一つない冬空を見上げ、理恵は心より願うのだった。

第二話

ホームパーティーの落とし穴

1

一月半ばの冷え切った空気は、通勤の間だけで身体《からだ》を芯《しん》まで凍えさせた。理恵はホットのルイボスティーの入ったカップを両手で包み込み、持ち上げて息を吹きかける。

茶褐色の液体の表面が揺れ、かすかに甘い香りがした。口をつけると舌先に熱いくらいの温度を感じ、お茶が喉を滑り落ちるように通っていくのがわかった。

店内にある掛け時計は七時半を指していた。窓の外はすっかり明るくなっている。理恵はスープ屋しずくの店内で朝食を待っていた。

目の前では店主の麻野が本日の料理を盛りつけている。寸胴《ずんどう》からステンレスのレードルを使い、ボウルに中身をよそった。

麻野がボウルの底部を丁寧に拭き、紙ナプキンとスプーンをトレイにのせる。フロアに運んできて、トレイを理恵と露《つゆ》の前に置いた。

「お待たせしました。オレンジ白菜と豚肉のスープです」

ブイヨンの香りがふわっと立ち上る。木製のボウルに盛りつけられた透き通ったスープに、橙色《だいだい》の葉野菜が入っている。初めて見るけれど、これがオレンジ白菜なのだろうか。

スープ屋しずくでは毎日、グランドメニューにないスープを用意している。昼以降でも日替わりスープとして楽しめるが、朝一番に食べるのは特別な気分になれた。

「いただきます」

期待に胸を膨らませ、理恵は陶器製のスプーンを手に取る。スプーンの先を沈めると、白菜の他に人参《にんじん》やジャガ芋、玉ねぎなどの定番の野菜と、四角くカットされた豚ロース肉が入っていた。スプーンにオレンジ白菜の芯の部分をのせ、透明なスープと口に運ぶ。

白菜の強い旨《うま》みを最初に感じた。芯はとろとろに煮込まれていて、白菜そのものが主役といっていいほどの存在感がある。

スープには豚肉と野菜の旨みが詰まっている。あっさりしているが、物足りなさは感じない。

次に白菜の葉の部分を食べると、今度は違った食感だった。しゃきしゃきとしたサラダみたいな歯応えがある。でも青臭さはなく、瑞々《みずみず》しさが口に広がった。

他の野菜も癖が抑えめでありつつも味が濃く、確かな満足感がある。豚肉は脂身が少なく、噛《か》むと肉のジューシーさを感じさせながらほろほろと崩れた。

一通り味わってから、理恵はひと息をつく。

「……しあわせ」

自然と漏れた感想に、麻野は照れくさそうな笑みを浮かべた。

理恵の座るテーブルの向かいでは、麻野の娘である露が幸せそうにスープを頬ばっていた。

「お父さん、今日のスープも美味《おい》しいね」

「ありがとう」

露は普段、朝の食事をスープ屋しずくの店内で食べることが多い。平日朝に店を開けながら、父子一緒の時間を過ごすためだ。

ただ、人見知りのため店に入ってこないこともあってその場合は店の上階にある自宅で摂っていた。常連客である理恵には気を許していて、同じテーブルで食事を摂る程の仲良しだった。

半分ほど食べ進めたところで、理恵はひと息ついた。ルイボスティーを飲み、カウンターの先に目を向ける。麻野は仕込みのためセロリを刻んでいた。店内に包丁の音がリズミカルに響いている。

「今日のスープも最高ですね。オレンジ白菜なんて初めて食べました」

「色味が綺麗《きれい》ですよね。青臭さが少ないため、サラダとして食べても美味《お》しいです。今回は白菜を煮込んだ後に、仕上げに生の白菜を加えています」

麻野は作業の手を止めないまま返事をしてくれた。刻んだセロリを金属のボウルに移し、迷いのない動きで人参の皮を包丁で剝《む》きはじめた。

「だから白菜に二種類の食感があったのですね。どちらも堪能《たんのう》できるのが嬉しいです」

「ありがとうございます」

麻野が穏やかな笑顔を浮かべる。冬が旬である白菜はスープ屋しずくでも多用されている。少し前に食べた品では、白菜と豆乳を合わせてポタージュにしていた。そちらもとても美味しく、同じ素材を使っても多彩な魅力を見せてくれる。

理恵は店内奥にあるブラックボードに目を向ける。そこにはオレンジ白菜の栄養素についての解説が記されてあった。スープ屋しずくの料理は食べる人の健康に配慮していて、栄養や期待される効能などが解説してあるのだ。

オレンジ白菜は通常の白菜に較《くら》べ、食物繊維やカロテン、鉄分などの栄養素が豊富に含まれているらしい。　さらにオレンジ白菜にはシスリコピンが含まれているという。

　リコピンは抗酸化作用のある成分としてトマトに含まれているのが有名だ。動脈硬化の予防やダイエット効果などが期待されると報告されている。そしてシスリコピンは、通常のリコピンより二倍以上の吸収率があるとされているそうなのだ。

　食べ進めていると、露が話しかけてきた。

「今度の日曜日、お父さんと一緒に遊びに行くんだ」

「そうなんだ。どこに行くの？」

　話を聞いてみると、露たちは人気のキャラクターを題材にした遊園地に行く予定らしい。本音をいえば理恵も同行したい。だけど親子水入らずの時間を邪魔するのは野暮だし、連れていってもらう謂《いわ》れもない。

「楽しんできてね」

「うん！」

　露の笑顔を見ながら、理恵は食事を再開する。とびっきりのスープを堪能していると、ドアベルの音が鳴った。目を向けたところ、同じ職場で働く長谷部伊予が大あくびをしながら店内に入ってきた。

「ふわぁあ。理恵さん、おはようございます。麻野さんも、どうもです」

「おはようございます、いらっしゃいませ」

「おはよう、長谷部さん。今日は早いね」

伊予は都内ターミナル駅周辺の飲食店や美容院などの情報をクーポンと一緒に紹介したり、求人情報を掲載するなどして配布しているフリーペーパー・イルミナの編集部で働く理恵の後輩だ。

「あ、露ちゃんもおはよ」

「おはようございます。伊予さん」

現在は編集長の今野《こんの》布美子が産休中のため、理恵が編集長代理を務めている。布美子の手腕によって地域に浸透した雑誌なのでプレッシャーは大きかったが、伊予の尽力もあって何とか部数は維持できていた。

「とっとと済ませておきたい仕事があるんですよ。あれを済ませておけば、締め切りがやばくなったときに楽になるんで」

伊予があくびをしながら、カウンター席にホワイトのスクエアトートバッグを置いた。ピンクベージュのチェスターコートを壁にあるハンガーにかける。オフホワイトのニットワンピースと、六十デニールくらいの黒ストッキングを組み合わせていた。

イルミナの発刊は月に一度なので、締め切り間際になるにつれて忙しくなってくる。最も忙しい時期は会社に泊まることも珍しくない。その分、校了後はのんびりしているが、油断をしていると次の締め切りはすぐにやってくる。

伊予がフリードリンクコーナーでコーヒーを注《つ》ぐ。フランスパンを皿にのせ、両方を運びながらカウンター席に座った。麻野からメニューの説明を受け、眠そうな目で「お願いします。今日も楽しみです」と返事をした。

伊予の前にもスープが運ばれてきた。スプーンですくって頬ばると、表情が綻んだ。黙々と食べ進め、理恵が食事を終えるのと同時に伊予はスープを平らげる。

「今日は食べるのが速いんだね」

「仕事が待ってますからねえ」

伊予に続いて理恵も席を立ち、紺色のロングダウンコートに袖を通す。今日のファッションは白のシャツに紺のニット、グレーのパンツ、ベージュのストールでシンプルにまとめていた。

後輩が仕事に行くのだ。もう少しゆっくりするつもりだったけれど、上司として付き合おうと思った。順番に会計を終わらせ、理恵たちは出入口に向かう。

「麻野さん、今日もご馳走《ちそう》さまでした。露ちゃん、行ってくるね」

「本日もありがとうございました。いってらっしゃいませ」

「理恵さんも伊予さんも、お仕事がんばってくださいね」

カウンターに座ったまま、露が手を振った。

「ありがとう。露ちゃんはいい子だねえ」

伊予が眠そうな眼差《まなざ》しで返事をして、二人並んで店を出る。背後でドアが閉まると、凍える空気が肌を刺した。せっかく温まった身体が、会社までの道のりで冷えてしまいそうだ。身を小さくして歩きはじめると、横にいる伊予がじっと見つめてきた。

「どうしたの?」

なぜか伊予は眉間にしわを寄せている。スープが口の周りについているのだろうか。それとも化粧の失敗だろうか。

「露ちゃんと仲良し感を出してますけど、それでいいんですか?」

「どういうこと?」

意図がわからず聞き返すと、伊予はますます仏頂面になった。

「麻野さんとの距離、全然縮まってないですよね」

「うっ」

早朝から耳の痛い話だ。意識しはじめたのは去年の夏だから、半年以上も進展がないことになる。

「将を射んと欲すればまず馬を射よと言いますし、娘さんから絡め取る作戦ですか。実は策士だったりします？」

「露ちゃんとは普通のお友達だから」

路地から大通りに出ても、伊予は文句を続ける。

「今の関係が居心地良いとか思ってませんよね。このままじゃ、一歩踏み出すのが大変になりますよ」

枯葉が風に乗って運ばれ、理恵の足元を滑っていった。図星すぎて言葉が出ない。

麻野や露と同じ空間で過ごす時間は、理恵にとって大事な癒やしになっている。だからこそ壊すかもしれない行動を取ることを怖《おそ》れてしまう。伊予が理恵に人差し指を向けた。

「現状で麻野さんに最も近い女性は、どう考えても理恵さんです」

「え、えっと、そうかな」

理恵は髪を手櫛《てぐし》で撫《な》でる。麻野に一番近い女性が自分だなんて、つい顔が熱くなってしまう。でもそんな反応に伊予があきれ顔を浮かべる。

「何を照れてるんですか。麻野さんみたいな男性を、他の女性が放っておくと思ってるんですか。ああいう大人しめなタイプは攻めないと、ささっと誰かに取られちゃいますよ」

二つのビルの隙間に雪が残っていた。先週降ったまま溶けないでいるのだ。赤信号に差しかかり、立ち止まる。横断歩道の距離は短く、裏道なので交通量は少ない。

「……よくわからないんだ」

「なにがですか？」

伊予が首を傾《かし》げる。細い路地から大通りに出る車輛《しゃりょう》はなかった。そのせいか何名かの通行人は赤信号を無視して道を渡ってしまう。

「恋愛で積極的にアプローチする方法。今まで付き合ってきた相手は全員、向こうからの告白だったし」

「まじっすか。実は理恵さん、恋愛偏差値低いんですか」

過去に何人かの男性と交際したことはある。その全員が相手からの告白を受けてお付き合いに発展したものだった。理恵は中学時代、告白で失敗したことがある。積極的になることに臆病になったのは、そのときの記憶のせいかもしれない。

「どうすれば、距離を縮められるんだろ」

ため息のようにつぶやくと、伊予は気軽な調子で答えた。

「何も考えずにデートに誘えばいいんですよ。今週末の日曜とか早速どうですか？」

「残念だけど、私にも麻野さんにも予定が入ってるんだ」

麻野と露が親子で出かけるなんて言ったら、先約を無視してでも同行しろと発破をかけられそうだ。

会社の入っているビルに到着し、正面玄関から入る。社員証を首にかけ、エレベーターのボタンを押した。ドアはすぐに開き、二人で乗り込む。

もう一つ、伊予に伝えていないことがあった。理恵は週末、合コンめいた集まりに顔を出す。わざわざ言う必要はないけれど、隠す意味もないように思える。恋人がいるのに合コンに出る友人もいる。誰とも付き合っていないのだから、後ろめたさなど感じるのは自意識過剰なだけだろう。だけど誰かを好きな気持ちを抱いたまま参加するのは誠実ではない気がした。

エレベーターのドアが開くと、毎日嗅ぎ慣れた紙資料とＯＡ機器の匂いがした。その途端、頭は仕事モードに切り替わる。理恵は職場に足を踏み入れた。今日もまた、仕事がはじまる。

日曜の午後二時は、休日を楽しんでいると思われる人たちが街を闊歩《かっぽ》していた。オフィス街とされるエリアで、空は雲一つない快晴だ。待ち合わせ場所である改札前には須藤蘭《すどうらん》と関皆子《せきみなこ》が待っていた。理恵が駆け寄ると相手はすぐに気づいた。

「遅くなりました」

「理恵ちゃん、今日は来てくれてありがと！」

蘭が駆け寄ってきてハグしてくる。理恵の専門学校時代の一年上の先輩で、現在は編集プロダクションに勤務している。編プロとは出版社の依頼を受け、書籍や雑誌の編集業務を請け負う会社だ。

卒業以降は疎遠になっていたが、半年前に会ってからSNS上で頻繁に交流をするようになっていた。そんな蘭から先日、一通のメッセージが届いた。

「もう一人の子が突然キャンセルしてさ。代わりの子を探してたんだけど、心当たりが全員アウトだったんだ。理恵ちゃんにオッケーしてもらえて本当に助かるよ」

「いえ、楽しみにしていますよ。皆子さんもおひさしぶりです」

蘭に返事をしてから、皆子に顔を向ける。

「理恵ちゃんに会うのって何年ぶりだろ。元気そうで何より」

顔を合わせるのは十年ぶりくらいだろうか。皆子は蘭の高校時代からの友人で、何度か一緒に遊んだことがある。長い黒髪と大人しめのファッションは当時と変わらない。現在は化粧品販売の仕事をしていたはずだ。

「それじゃ早速行こうか。あそこに見えるマンションが目的地だから」

蘭が指さした先にあるタワーマンションは、周囲から一際目立っていた。オフィス街からもさほど離れていない場所に建っていて、その迫力に圧倒される。

今日の集まりの名目はホームパーティーだ。材料を持ち寄って料理を作り、お酒と一緒にディナーを楽しむ懇親会になる。同世代の未婚の男女三人ずつが集まるわけで、蘭は連絡をくれた際にはカジュアルな合コンと表現していた。

蘭や皆子と遊ぶのは楽しいと思う。でも本音を言えばパーティーには興味がなかった。新しい出逢《であ》いは求めていないし、初対面の人と顔を合わせるのは気を遣う。だけど断りにくい理由があった。半年前、理恵は蘭から引き抜きを打診された。現在のイルミナ編集部から、蘭が勤務する編集プロダクションに転職しないかと持ちかけられたのだ。

昔からやりたかった仕事ができそうなこともあり、誘いに心が揺れた。だけど現在産休中である上司の今野布美子を交えた騒動の果て、結果的にイルミナ編集部での仕事を続けることになった。

選択に後悔はないが、蘭は理恵の実績を評価してくれた。断った事実が心に引っかかっていたため、パーティーの誘いを無下に断ることができなかったのだ。

雑談をしながら歩いていると、徐々にマンションが近づいてくる。笑顔になるように努める。笑っていれば楽しい気持ちは後からついてくるものだと、理恵は割り切ることにした。

2

六人の男女がホームパーティーをすると聞いていたから、ある程度広い家だろうとは思っていた。でも予想以上だった。全員が集合したリビングダイニングだけで、理恵が暮らすワンルームマンションの総面積より明らかに広かった。長い廊下を進んだ限り、他にも数部屋あるようだ。

住まいは二十階にあり、窓からは街が一望できる。四人家族で暮らしても余裕がありそうだが、男性の一人暮らしなのだから驚きしかない。

三名いる男性陣は先に到着していて、理恵たちは食材などの荷物をキッチンに運んでからリビングに全員で集まった。ティーカップには全員分の紅茶が注がれている。参加者は理恵以外、面識があるらしい。腰かけたソファは柔らかく、お尻が沈み込むような感触があった。

「まずは自己紹介をするか。俺は今回の会を主催した両澤淳也《りょうざわじゅんや》。ここの家主で、仕事はITサービス会社の経営ってやつだな。今日はよろしく」

両澤は冬なのにこんがりと日焼けしていて、さわやかな笑みを浮かべた。綺麗に刈られたツーブロックの頭髪とあごひげがやり手の経営者といった風貌だ。セーター越しでも厚い胸板がわかるから、かなり鍛《きた》え上げているように見えた。

続けて自己紹介をした小日向満《こひなたみつる》は声が甲高く、少年のような雰囲気だ。電子機器メーカーの営業職で、料理は得意だと話した。

三人目は整った顔をした長髪の男性で、鈴木有樹矢《すずきゆきや》と名乗った。普段は飲食店でアルバイトをしていて、本職は俳優だと説明した。

「有樹矢さん、すごいんだよ。この前も映画に出演してたんだ」

蘭がスマートフォンを取り出し、画面を理恵に見せてきた。映画の一場面らしき画像が表示されている。単館系で上映され、質の高さで評判になった作品だった。

「役者一本で食えていないんだ。自慢できるもんじゃない」

「そんなことないさ。俺は有樹矢がもっと評価されると信じてるからな」

両澤が大きな声で断言する。この三人は中学時代からの友人で、社会人になってからも定期的に会っているらしい。

続けて理恵が自己紹介をすることになった。

「奥谷理恵です。蘭さんの専門学校時代の後輩に当たります。現在はイルミナというフリーペーパーの編集部で働いています。今日はよろしくお願いします」

理恵が頭を下げると、両澤が眉を上げた。

「イルミナなら知ってる。うちの会社の近くでも配布してるよ」

「そうなんですか」

両澤に会社の場所を訊《き》いてみた。すると理恵の担当範囲ではないが、イルミナがカバーする地域にあった。

「ビルの一階にダイニングカフェがありますよね。イルミナもお世話になっています」

「週に何度もあの店でランチを食べてるよ。オーガニックな素材をふんだんに使ってるし、何より味もわるくないからね」

理恵も何度か昼食で利用したことがあるから、店内に居合わせたこともあるかもしれない。そこで蘭が話を遮った。

「話し込んじゃいそうになるね。でもご飯を作らないと、あたしたちのディナーがなくなっちゃうよ」

両澤が苦笑を浮かべる。

「それもそうだな。作る順番はどうしようか。一斉に調理するのは無理だからな」

今回の会はそれぞれが得意な料理を手がけることになっていた。事前に両澤宅にある調味料などは確認してあり、足りない材料は各自が用意することになっていた。

そこで小日向が手を挙げる。

「豚の角煮を先に作っていいか？　じっくり煮込まなくちゃいけないし」

サラダやメイン料理などの分担も事前のやりとりで大まかに決めていた。肉料理は小日向が担当することになっている。蘭が満面の笑みを浮かべた。

「豚の角煮、あたしも大好き！」

「俺のレシピはめちゃくちゃ柔らかくなるから楽しみにしていなよ」

「どんな風に作るんだろ。興味あるから手伝うね」

小日向に続いて蘭も立ち上がった。手が空いた人は適当に手伝う、ということも事前に話してある。蘭と小日向は談笑しながらキッチンに向かっていく。

皆子が紅茶を口にしてから、部屋を見渡した。

「お話にはうかがっていましたが、本当に広いですね。たしか3Kですよね」

「引っ越したばかりですでに持て余してるよ。せっかくだから案内しようか」

「いいんですか？　ぜひお願いします」

皆子は乗り気のようだ。3Kということはつまり、三部屋とキッチンという間取りになる。一人暮らしでその広さは驚きだ。住みはじめて間もないということは、新居のお披露目という意味合いもあるのかもしれない。

両澤に誘われ、理恵たちも部屋を案内してもらうことになった。

リビングを出ると廊下で、すぐ右手にキッチンがあった。左手側には風呂場や洗面所、お手洗いなどの水回りが固められている。それぞれ広々としていて、特に風呂場は大きな窓から街の景色が一望できた。

廊下を進むと玄関を横目にしつつ、リビングとは反対側に寝室と仕事場にしている部屋があるという間取りだった。理恵たちはまず仕事部屋に案内される。デスクとパソコンがあり、機能的なデザインに仕上げられていた。

「寝室は荷物がいっぱいなんで、今日は勘弁してもらうよ」

両澤の言葉に、鈴木が肩をすくめる。

「淳也にしては小綺麗だから変に思ってたんだ。荷物は全部ここに押し込んだな？」

「それもあるけど、商材が会社に入りきらなくてさ。倉庫代わりに置いてあるんだ」

年齢は理恵より三歳年上の三十三歳のはずだが、男性たちの会話は学生みたいな雰囲気があった。

リビングに戻る途中、キッチンを覗《のぞ》き込む。最近流行《はや》りのリビングとキッチンが一体の間取りと違い、別個の部屋になっている。ただ、引き戸一枚で繋《つな》がっているため料理を運ぶのはすぐだ。調理の際の匂いや油が届かないのは利点だと思った。

「どう、進んでる？」

両澤が声をかける。キッチンは広く、蘭は大根を包丁で切っていて、小日向はゆで卵の殻を剝いていた。換気扇は回っているが、豚を焼いた匂いが残っていた。

「小日向さん、すっごく手際が良いんですよ。正直手伝いなんて要らないくらい」

「そんなことないさ。蘭さんのおかげで順調に進められたよ。それに角煮は好きで作り込んでいるけど、他の料理はさっぱりなんだ」

二人には親密そうな空気が流れている。一緒に料理を作ることで距離が縮まったのかもしれない。三人でキッチンを出ると、鈴木が両澤に話しかけた。

「冷蔵庫の脇に置いてあったの、前に話していた日焼けマシンか？」

両澤はばつが悪そうな表情になった。

「隅に置いてたのに気づかれたか。普段はリビングで使ってるから、とりあえず距離の近いキッチンに運んだんだ。横着せずに寝室に押し込んでおくべきだったな」

キッチンの壁際に、謎《なぞ》の家電製品らしきものが隠すように置いてあった。高さ五十センチくらいの電気ストーブのような形状だ。日焼けマシンに家庭用があるなんて、理恵は全く知らなかった。

「隠すことでもないだろ。秋くらいから急に黒くしはじめたんで、気になってたけど」

「まあ、商売柄な」

所定の席に戻る。紅茶はぬるくなっていた。理恵は両澤の言葉が気になった。

「商売柄ってどういうことですか？」

「イメージ戦略の一環でね」

両澤は棚に置いてあったタブレット端末を手に取り、操作をしてからテーブルに置いた。そこには伸びたまま手入れをしていない髪に、量販店で買ったと思われる体型に合っていないスーツを着た男性が写っていた。隣にいるのは小日向と鈴木だ。

失礼ながら大人しめな風貌の人物は、よく見ると間違いなく両澤だった。

「今と雰囲気が全然違いますね」

皆子が驚きの声を上げる。写真の男性は体型も細身で肌も白い。穏やかな雰囲気は、現在の押しが強そうな両澤とは別人のようだ。

「どんな職種にもイメージする姿ってあるだろう。俺の場合は新進気鋭のIT企業の社長だ。取引先は俺に相手の考えるようなスタイルを求めてくることが多い。その期待に応えることは、ある種の安心感に繋がると考えているんだ。まあ、ギャップを狙う方法もありだと思うから、これが正解かわからないけどな」

人は誰しも先入観を抱く。色々な職業に対しても、典型と言うべき容貌を想像することはあるはずだ。単なる先入観に過ぎないかもしれないし、典型的な姿が実際に正解という可能性もある。両澤はそれを意識して利用しているのだという。

世間に浸透しているイメージと違う人もたくさんいるはずだ。だけど初対面の取引先などに対して、両澤の容姿は仕事ができる印象を与えるのかもしれない。

鈴木はディスプレイに表示された両澤を指で拡大表示した。

「その恰好《かっこう》をして以来、普段の振る舞いも変わったよな。演じ続けるのは大変じゃないか。俺は前の淳也のままでいいと思うけど」

皆子が心配そうな視線を両澤に向けた。

「以前の両澤さんも素敵だと思いますよ。あまり無理はなさらずに、仕事以外は気を抜くことも大事だと思います」

両澤が苦笑いを浮かべる。

「正直、板についていない自覚はあるんだけどな」

理恵は首を横に振って、口を開いた。

「今の恰好もお似合いだと思いますよ。それだけ真剣なんですよね」

仕事のために日常を変えるのは気苦労も多いだろう。それはきっと本気で取り組んでいるからこそ、できることなのだ。その真摯さは尊敬すべきことだと思う。本当にほしいものを手に入れるためには、どこかで無理をすることもきっと必要なのだ。

理恵の言葉に両澤は目を大きく広げ、それからさわやかな笑みを浮かべた。

「ありがとう。自信がついたよ」

「角煮は終わったぞ。後は弱火でじっくり煮込めば完成だ」

小日向と蘭が並んでリビングに戻ってくる。小日向がテーブルにビール缶を二つ置いた。キッチンから持ってきたのだろう。プルタブを開けると炭酸の抜ける音がした。

「お疲れさま。さて、次は誰が調理する？」

誰も名乗りを上げない。そこで理恵はそっと手を挙げた。

「それじゃ先にスープを完成させようかな。作っちゃえば後は温め直すだけですし」

手早く進めれば時間もかからないだろう。立ち上がると、両澤も腰を上げた。

「それじゃ俺が手伝うかな」

両澤が協力してくれるらしい。家主が一緒なら台所の使い方なども教えてもらえるだろう。一緒にキッチンへ移動する。

最初に食材を置いたときも思ったが、広いキッチンだった。一人暮らしなら、料理を多少したとしても持て余しそうだ。小日向と蘭は片付けを終えていた。

「理恵さんはスープ担当だよね。何を作るの？」

「会社の近くにあるスープ専門店で知った、ポタージュ・ボン・ファムです」

ポタージュ・ボン・ファムはスープ屋しずくに通うきっかけにもなり、さらにある件でも大きく関わっていた料理だ。ジャガ芋をベースに香味野菜を使ったシンプルなポタージュで、有名な冷製スープであるヴィシソワーズの原型と言われている。

「それって、スープ屋しずくのことかな」

「ご存じですか」

「行ったことはないけど、部下が何度か利用していたよ。素材にも気を遣っているみたいだし、すごく評判がいいよな」

「ぜひ行ってみてください。雰囲気もとても素敵ですから」

「それは興味深いな。でも平日の昼は外回りで、夜は会食が続くからしばらくは無理そうだ」

「ここだけの話ですが、スープ屋しずくは朝にも営業しているんです。出社前に訪れても素晴らしいスープを味わえますよ」

会社の距離から考えて充分行ける範囲だ。スープ屋しずくの朝ごはんを味わえる機会が得られるのなら、ぜひ体験してほしいと思った。

「それは知らなかった。今度行ってみようかな」

「おすすめです」

理恵は床に置いたスーパーの袋から野菜を取り出した。材料は基本的に各自が持参することになっていた。全て払ってもらうことの多い合コンより気兼ねなく参加できるのは気分的に楽だった。

両澤には人参の皮剥きをお願いした。理恵は包丁で玉ねぎを薄切りにしていく。

「理恵さん、料理上手なんだね」

まな板に目を向けながら両澤が感心したように言った。

「そんなことないですよ」

これまで理恵は料理をほとんどしなかった。だけど最近は意識的にキッチンに立つことにしている。既製品や外食に頼るばかりではなく、自分の身体を労《いたわ》ってあげられるような食事を心がけたいと思いはじめていた。

ジャガ芋やポロネギなど、野菜を切っていく。レシピでは後は炒《いた》めてから煮ていくことになっていた。

「炒めるくらいは俺がやるよ」

両澤が理恵の隣に立ち、コンロにフライパンを置いた。そこで小日向と蘭、皆子がキッチンに入ってきた。

「スープ作りって中断できる？」

理恵はコンロに火をつけるスイッチから指を離した。

「できますけど、どうしました？」

「おつまみがほしくなってさ。前菜を先に作っちゃおうって話になってるんだ」

小日向は冷蔵庫を開け、スパークリングワインを取り出した。蘭がシャンパングラスを六つ、戸棚から引っ張り出す。蘭の頬がほんのりピンクに染まっている。小日向の持ってきたビールを飲んだのだろう。

「わかりました。すぐに片付けちゃいますね」

理恵は刻んだ野菜を手頃な皿に入れ、ラップをかける。冷蔵庫を開けると充分なスペースがあったので野菜をしまった。

「それではすぐに作りますね」

おつまみになるような前菜の担当は皆子だったはずだ。腕まくりをして、水道で手を洗った。

「手伝おうか？」

両澤が訊《たず》ねる。鈴木が手伝う流れだが、キッチンに来ていない。一人にさせるのは気が引けるが、皆子は首を横に振った。

「普段から一人で料理するから、人目があると緊張しちゃうんだ。ぱぱっと作るから、みなさんはゆっくりお話をしていてください」

他人がいるほうが気になることもあるのだろう。理恵たちはリビングに戻ることにした。ビール缶はすでに二つとも空いていて、蘭がテーブルにシャンパングラスを置いた。グラスに黄金色のワインが注がれると、細かな気泡が立ち上った。理恵も飲むか聞かれたが、まだ遠慮することにする。

みんなが談笑している中、隣に座っていた小日向が背もたれに寄りかかる。そして理恵にだけ聞こえるように、小声で話しかけてきた。

「今日の淳也にはちょっと驚いたよ」

「どうしてですか？」

「あいつ、実は女性と会話するのが苦手なんだよ。でも理恵さんには積極的に話しかけている。もしかしたらあいつ、理恵さんのこと気に入ってるのかも」

それだけ告げて、小日向はみんなの会話に混ざっていった。両澤とは初対面なので、気に入られているかなんてわからない。昔馴染《なじ》みの友人の発言だから事実なのかもしれないが、教えられても何もできない。

しばらく談笑していると、皆子が皿を持ってやってきた。

「お待たせしました」

皿に盛られていたのはカナッペだった。クラッカーを使った前菜で、アボカドやスモークサーモンといくら、クリームチーズなどが可愛《かわい》らしく盛りつけられている。

「おお、いかにもパーティーっぽいね！」

小日向が大きな声を上げ、手を伸ばす。見た目に華やかなオードブルが気持ちを盛り上げてくれる。皆子は穏やかに微笑《ほほえ》んだ。

「あともう一品持ってきますね。それとだんだん調子が上がってきたので、私が担当する魚料理の下拵《したごしら》えも先に済ませちゃいます」

事前の打ち合わせの際、皆子は他の人より多くの料理を担当したいと言っていた。人に振る舞うのが好きらしい。理恵もクラッカーに手を伸ばす。潰《つぶ》したカボチャをのせたカナッペにはクミンが入っていて、カレー風味がアクセントになっていた。

続いて皆子が運んできた、たこのカルパッチョも臭みがなくて美味しい。それから再びキッチンに戻り、十五分くらいして皆子が戻ってくる。魚料理の下準備が終わったのだろう。理恵はスープを作ろうと思ったが、先に鈴木が立ち上がった。

「俺の担当、今のうちに作っておくよ。しっかり冷やさないといけないから」

鈴木が調理するのはデザートだった。昔から洋菓子を作るのが得意らしい。鈴木がキッチンに向かうと、赤い顔をした蘭が後を追った。

「飲んでばっかりだとわるいから、また私が手伝うねえ」

口調は少し明るくなっているが、足取りはしっかりしている。包丁を使うこともないだろうから大丈夫に違いない。皆子がソファに座ると、小日向が身を乗り出した。

「皆子さんの料理、どれも最高だよ」

「喜んでもらえて何よりです」

皆子が照れ笑いを浮かべる。小日向が腕を組み、しみじみという表情でうなずいた。

「やっぱり料理のできる女性はいいなって思うよ。淳也も前にそう言ってただろ?」

「料理のできる人は男女問わず尊敬するよ。体内に入るものだから大切にするべきだ。丁寧に調理をしている姿を見ると、相手を気遣う気持ちが伝わってくる」

そこで皆子が小さくため息をついた。

「身体に触れるものは気をつけなくちゃダメですよね。わたしの会社の化粧品でも、たまに首を傾げたくなるような成分が入っているのが最近気になって……」

それから皆子の職場の悩みになり、次第に小日向や両澤の仕事の愚痴やトラブルの話題に移っていく。

社会人になると生活の大半は仕事で占められる。必然的に話題の内容も仕事のことが増えていく。二十分ほどが経過して、鈴木と蘭が戻ってきた。

「お待たせ。有樹矢さんのデザート、すごく美味しそうだったよ!」

「それじゃ次は私が行くね」

二人がソファに座ったので、理恵が腰を上げる。すると両澤も席を立った。

「俺も手伝うよ」

「ありがとうございます」

並んでキッチンに向かう。手を洗い、フライパンをコンロにのせる。次に冷蔵庫から野菜を取り出すことにした。玉ねぎと人参の入った皿に腕を伸ばし、ジャガ芋の皿に手をかけたところで、思わず声を出してしまう。

「えっ」

「何だこれ」

理恵の反応につられて両澤も冷蔵庫を覗き込み、同じように声を上げた。皿の上のジャガ芋に目を疑う。ジャガ芋の表面が濃い茶褐色に変色していたのだ。

3

リンゴなどを放置すると表面が変色することはよくある。お弁当に入れたリンゴの切り口が多少薄い茶色になっても気にせず食べてしまう。でも取り出したジャガ芋の断面の色は、食べるのを避けたいと思わせるくらいに黒ずんでいた。

両澤が皿の中身を見ながら首を傾げる。

「ジャガ芋ってこんな風に変色するものなの？」

「わかりません。こんなのは初めてで……」

「何かあった？」

声が大きかったせいか、リビングまで届いていたらしい。小日向と蘭、皆子がキッチンにやってきた。理恵はジャガ芋の入った皿を一同に見せる。

「実はこんなことに……」

真っ先に蘭が声を上げる。

「何これ。めちゃくちゃ色が変じゃん。切ったときからこうだったの？」

「切ったときは普通でした。そうですよね？」

「多分そうだったはずだけど」

両澤の答えは曖昧だ。野菜を切っていたとき、二人は別の作業をしていた。皆子が神妙な面持ちで皿に顔を近づける。

「ジャガ芋は水につけると変色を防げるけど、理恵ちゃんはどうした？」

「いえ、そのままです。そのせいでしょうか」

「どうだろう。こんな短時間で色が変化することは考えにくいかな」

両澤が眉根にしわを寄せる。

「ジャガ芋自体が、元々ダメだったってことか？」

野菜を購入した近所のスーパーは割高だが質が良い品を扱っている。粗悪品を売る可能性は低いと思うが、絶対ないとは言い切れない。

「そうかもしれません。料理は他にもありますし、ポタージュはなしにしましょう」

不安な食材をみんなの口に入れるわけにはいかない。特に両澤は話しぶりから食べ物に気を遣っている。すると皆子が冷蔵庫を開け、中を覗き出した。

「せっかく人参や玉ねぎがあるんだから、スープは作ろっか」

皆子が冷蔵庫からベーコンを取り出した。

「これ、前菜の余りなんですよ。野菜をベーコンと一緒に炒めて、ブイヨンで煮込みましょう。それで立派な御馳走になりますから」

皆子が水道で手を洗い、まな板の前に立った。手早い動きで調理を進めていく。あ人の目があると緊張してしまうと言っていたが、手際の良さに手伝う隙がない。あっという間に炒め終え、次は戸棚から瓶に入ったハーブ類を楽しそうに選びはじめた。

「これと、これも入れちゃおうかな」

踊るような手つきでハーブを振り入れ、鍋に水を入れてふたをする。火力を調整して、皆子は理恵たちに向き直った。

「後は軽く煮込めば完成です」

「すごいね。思わず見惚《みほ》れちゃったよ」

小日向が小さく拍手をした。隣で両澤もうなずいている。

「いえいえ、いつも通りのことをしただけです」

皆子が照れ笑いを浮かべる。皆子のおかげで場の空気も明るいものになった。感謝の気持ちでいっぱいだが、なぜジャガ芋があんな風になったのかも気になった。

でも今はパーティーを楽しむことにして、頭の中のもやもやを忘れるよう努めた。


六時になって全ての料理が出揃《でそろ》った。それぞれが作った和風サラダと豚の角煮、白身魚のムニエル、クリームパスタ、杏仁豆腐はどれも絶品だった。皆子が即興で手がけた野菜スープも素朴だが温かな味わいだ。

お酒が入るにつれ、会話も盛り上がっていく。理恵もワイングラスを何杯か空け、午後九時になったところでお開きになる。部屋を出て、エレベーターで一階まで降りた。ロビーから外に出ると、アルコールで火照った顔に冷たい空気を心地良く感じた。

マンションの前の大通りに差しかかったところで、小日向が立ち止まった。

「理恵さんの家なら、地下鉄のほうが近いんじゃないか？」

「そうですね」

両澤のマンションから最も近い駅を利用すると、帰るために乗り換えが必要になる。だけど五分ほど歩いた場所にある地下鉄の駅を使えば一本で行ける。食事中、自宅のある場所は伝えてあった。そこから考えてくれたのだろう。

「他のみんなはＪＲだったよな。それなら理恵さんは淳也が送ってやれよ」

「そうだな」

小日向の提案に両澤がうなずく。一行は解散し、理恵と両澤の二人だけが別方向に移動することになった。

大通りの歩道を歩く。両澤のマンションは駅から近いため、店舗や街灯などで街は明るかった。治安もわるくないはずの地域だから、女性の一人歩きでも問題はない。それでも小日向が送るよう言ったのは気を回したからだろう。

吐く息が白かった。道路の端に先日降った雪が残っている。両澤と他愛ない会話をしながら歩みを進める。道を渡って階段を降りれば目的の地下鉄だ。

交差点に差しかかる。その瞬間、身体が浮くような感覚があった。踏み固められた雪が氷のようになっていて、気づかずに足を乗せてしまったのだ。転ぶ、と思ったのと同時に身体が止まる。両澤が後ろから支えてくれたのだ。

「あの、ありがとうございます」

「どこか痛めてない？」

体勢を整え直し、両足でしっかり立つ。足首をひねるなどの怪我《けが》はしていない。そこで自分が両澤から抱きとめられていることにあらためて気づく。

「すみませんでした。もう平気です」

慌てて離れる。鍛えているだけあって、両澤の腕や胸元はがっしりしていた。顔を逸《そ》らした理恵は、視線の先に見慣れた顔があるような気がした。

「え……」

赤信号で停《と》まっていた車の運転席に、麻野らしき人物が乗っていた。麻野の所有する車の車種を理恵は知らない。辺りは暗いし、ガラスは街明かりを反射している。だから絶対に麻野とは言い切れない。信号が変わり、車が走り去っていく。

「大丈夫？」

固まる理恵に、両澤が心配そうに聞いてきた。突然、遠くからサイレンの音がした。繁華街が近い街では緊急車輌の出動は日常茶飯事だ。警察車輌らしき音は、徐々に理恵のいる方角に近づいてくる。

「やっぱりどこか怪我したかな」

「いえ、何でもありません」

気を取り直し、深呼吸をする。足元を確かめ、背筋を伸ばす。きっとただの見間違いに違いない。両澤に抱きかかえられた瞬間を見られたなんて、そんな最悪な偶然が起きるわけがない。理恵はそう思い込むことにした。

横断歩道を渡り、見送ってくれた感謝を両澤に告げる。階段を降りていくと、後ろからスーツ姿の男性が、走りながら追い越していった。改札を通り抜けてホームに到着すると、理恵が乗りたかった電車のドアが閉まるところだった。

翌朝、理恵は早起きしてスープ屋しずくのドアを開けた。ドアベルの音と一緒に、暖かな空気が店内からあふれてくる。室内の気温を下げないように素早く入り、ドアを閉める。

「おはようございます。いらっしゃいませ」

麻野はいつもと変わらない笑顔で出迎えてくれた。テーブル席で見知らぬ男性二人がスープを食べている。朝に来る客の多くは顔見知りだが、当然面識のない人もたくさんいる。理恵はカウンター席に座った。

「おはようございます」

「本日のメニューはトムヤムクンです。好き嫌いの分かれる料理ですが、大丈夫でしょうか」

麻野が少しだけ不安そうな顔を浮かべる。店内にナンプラーと思われる独特の香りがかすかに漂っていた。早朝からトムヤムクンは抵抗を覚える客もいるかもしれない。

「平気ですよ。お願いします」

「パクチーはどうされますか？」

香りの強いパクチーは最近流行しているが、苦手な人も少なくない。

「食べられますので、入れてください」

「かしこまりました。ただ今御用意しますね」

理恵は席を立ち、パンとドリンクを取りに行った。するとパンが置いてあるかごの横に炊飯器が置いてあった。スープ屋しずくはメニューによって、たまにパン以外の主食を用意することがある。

炊飯器のふたを開けると、普段の米とは違う甘い香りが漂ってきた。覗き込むと、日本の米が長い。東南アジアなどで食べられる長粒種のようだ。トムヤムクンになら、日本の米より合いそうだ。理恵はしゃもじで茶碗にご飯をよそった。

席に戻ると、麻野は慣れた手つきで容器にスープを盛りつけて理恵の前に置いた。

「お待たせしました。しずく風トムヤムクンです」

青色の紋様で絵付けされた深めの小鉢に、赤色のスープがたっぷり入っている。大きめの海老《えび》が浮かび、他の具材はパプリカやフクロタケ、変わったものだとレタスや大根が加えられていた。

「いただきます」

手を合わせ、小さくお辞儀をする。金属のスプーンですくって口に入れると、さわやかな柑橘《かんきつ》系の酸味とピリッとした辛みが感じられた。海老の出汁《だし》を引き立てていて、レモングラスや生姜《しょうが》、パクチーなどがエスニックな味わいにしてくれる。ナンプラーの風味やニンニクなどの個性のある味は一般的なトムヤムクンより控えめだ。

「さすが麻野さんです。このトムヤムクンなら起き抜けでもすっきり食べられます。

タイ料理に慣れていない人でも受け入れられそうですね」

「そう言っていただけると嬉しいです。昼以降ならともかく、早朝に出すのは少々抵抗があったもので」

海老やフクロタケはくたくたに煮込まれ、スープとの一体感がある。大根はスープをたっぷり吸い込み、意外にもマッチしている。しゃきしゃきの食感のレタスが絶妙なアクセントになっていた。

ブラックボードを確認する。タイ料理に入っている香草や香辛料は様々な効能が期待できるらしい。代表的なパクチーは消化促進や解毒殺菌作用があり、レモングラスは鎮静や解熱作用があるという。柑橘系の香りの元であるバイマックルーという葉には、抗ガン作用があるといわれているそうだ。

理恵はご飯を口に入れる。長粒種の米は香り豊かで、甘すぎずぱらっとした食感がトムヤムクンと抜群の相性だ。

「このご飯も合います。日本の米とは全然違いますね」

「タイ産のジャスミンライスです。海外の料理には現地の食材が最適ですよね」

麻野の振る舞いは普段と変わらない。理恵はスープを食べる手を止める。

「昨日は露ちゃんと遊びに行かれたのですよね」

「そうなんです。とても楽しかったですよ。露もはしゃいでいて、帰りは車の中で寝ていました。その分帰宅してから目が冴《さ》えたようで、今日は若干寝坊気味です」

露は二階にある自宅から降りてきていない。着替え終えていないと店に来られないから、今日は自分の部屋で食事を済ませるのかもしれない。

半分ほど食べ進めたところで、理恵は手を止めた。軽く深呼吸をしてから、口を開いた。

「あの、昨日の九時過ぎくらいに……」

そこまで言うと、麻野は眉を上げた。

「ひょっとして理恵さんも僕に気づいていましたか？　車の中から見えたので、もしかしたらと思ったのですが」

麻野は珍しい偶然に驚いているような様子だ。

「あの、はい。そうですね」

「お連れの方もご一緒でしたね。世間は案外狭いようです」

麻野はいつもの笑顔のままだ。

「知り合いのパーティーみたいなのがあって、その帰りだったんです」

「パーティーはいかがでしたか？」

「とても楽しかったです」

先に来ていた男性二人が席を立つ。会計をするようで麻野が対応していた。二人組が満足したことを伝えると、麻野は嬉しそうに感謝の言葉を返した。

入れ替わるように新たな客が来店する。伊予の友人で、少し前に付き合いはじめた男女だった。会釈しあってから、男女はテーブル席に腰かけた。麻野が客に対し、メニューの説明をはじめた。

麻野はトムヤムクンを用意し、客に出した。それからもう一つスープを用意し、カウンターの奥にある扉から奥に入っていく。露の朝ごはんだと思われた。パクチーをのせていなかったので苦手なのだろう。麻野が戻ってきてすぐ、新たな客が来店した。今日の朝営業は忙しい日らしい。

理恵のスープ皿はすでに空になっている。今日も大満足の朝ごはんだった。麻野が客にスープを配膳し終えたのを見計らい、理恵は立ち上がる。

「ごちそうさまでした」

コートを着てから、レジで麻野に代金を支払う。

「今日もありがとうございました。お仕事がんばってください」

麻野が深々とお辞儀をしてくれる。店を出ると、身を切るような寒風が頬を撫でた。空気が乾燥している。呼吸をするだけで喉の奥から水分が失われる感覚があった。

あのタイミングで理恵を目撃したのなら、抱きとめられた場面にも気づいたはずだ。

麻野が動揺したり、気にしてくれたりするのを期待していた。だけど麻野の態度は何も変わらない。

立ち止まり、目の前の景色をながめた。スーツ姿の男女が歩道を行き交っている。道路も通勤のための車が多く、クラクションが頻繁に鳴っていた。

伊予から麻野に一番近い女性だと言われ、舞い上がっていたことが恥ずかしかった。自分は単なる常連客で、娘の露と多少親しいだけの関係に過ぎないのだ。そんな当たり前の事実を、理恵は完膚なきまでに思い知らされた。

ぼんやりと歩いていたせいか、正面から来た女性と肩がぶつかってしまう。とっさに謝るが、相手はにらみつけてから無言で去っていった。

誌面データが、ウェブ上のデータ共有サービスのサイトにアップロードされたことを確認する。回線やサーバーの問題で、データが送信されていないと一大事になる。

デザイナーにメールを送る。相手のデザイナーはフリーランスで、仕事が速くて正確なため全幅の信頼を寄せていた。時計を見ると夜の七時過ぎで、おそらく翌朝には仕上げてくれるはずだ。今日は引き上げることにして帰り支度を整えた。

「お先に失礼するね」

「お疲れさまでした！」

伊予が元気よく返事をしてくれる。まだ会社に残るようだ。布美子が抜けて手薄になった編集部には、過去に大手クーポンマガジンに在籍したことのある経験者が契約社員として加入してくれた。経験豊富で頼りになるが、家族の介護問題で大手を退職した経緯もあり、現在も長時間の残業はしない契約になっていた。

布美子は理恵を信頼してくれたが、当初は不安でいっぱいだった。でもそんな理恵を伊予が支えてくれた。以前は布美子に叱られてばかりいたが、めげずに取り組んできた成果だろう。編集部にとって、なくてはならない存在になってくれている。

夕飯をどうしようと考えるが、食欲がなかった。胃が重い感覚があり、スープ屋しずくが頭に浮かんだ。だけど最近、足が遠のいている。少し迷ってから地下鉄の階段を降りた。

自宅マンション近くの駅に到着した理恵は、スーパーに寄ることにした。駅と直結したスーパーでなく、遠回りして高級食材を扱うスーパーに向かう。先日のホームパーティーのための食材を購入した店だ。

夜八時に閉まるため、店に入ると蛍の光がＢＧＭとして流れていた。先日も購入したジャガ芋と同じ産地の男爵芋が置いてあった。他の品も手早く買い物カゴに入れ、レジで精算を済ませる。

買い物袋を手に提《さ》げ、理恵は自宅マンションに到着した。この部屋に住むのも六年目になる。不自由をしていないと考えていたら、引っ越すタイミングを逃してしまった。給料も決してよいとは言えないから、グレードを上げる気にもならない。

部屋着に着替えてから洗顔し、キッチンに立つ。料理をはじめたが、調理器具は最低限しか揃っていない。ここ数年で購入したのはスープのためのミキサーくらいだ。

麻野に料理を教えてもらえたら、どんなに楽しいだろう。でも先日の反応が頭に浮かび、理恵はため息をついた。

半額シールのついた幕の内弁当を電子レンジに入れ、ダイヤルを回す。買い置きのミネラルウォーターをコップに注いでいると、電子レンジがブザーを鳴らした。

それから理恵はピーラーでジャガ芋の皮を剝いて切り、皿に入れてラップをかける。

お弁当で夕飯を済ませてから、シャワーを浴びる。化粧水を指でぺたぺたと叩《たた》くように塗り、ドライヤーで髪を乾かす。

「……うっ」

ふと鏡に映る自分の右頰に、小さなシミがあることに気づく。昨日までは多分なかったはずだ。最近スープ屋しずくに行っていないこともあり、栄養が偏っていたのかもしれない。深くため息をつき、普段より多めに化粧水をつけた。

肌の手入れをしているうちに、ジャガ芋を冷蔵庫に入れてから一時間が経過していた。冷蔵庫からジャガ芋を取り出す。表面が乾いているが、色の変化はほとんどない。あのとき、理恵がジャガ芋を切ってから再び確認するまで、せいぜい四十分くらいだったはずだ。それより長く放置しても変化は見られなかったことになる。

再び冷蔵庫に入れる。テレビを眺めていると、いつの間にか午後十一時近くになっていた。自宅に戻ると毎回同じ行動を取ってしまい、時間を無駄にしたような気になる。寝る前にストレッチをしてから、冷蔵庫を再度確認する。ジャガ芋の切断面は若干変色しているが、先日のような濃い茶褐色とは程遠かった。

なぜあのときだけジャガ芋の色が変わったのだろう。他に要因があったのだろうか。単純にジャガ芋の質の問題だったのかもしれないが、どこか腑《ふ》に落ちなかった。

ホームパーティーから十日ほど経過したが、あれ以来参加者とはほとんど連絡を取り合っていない。元々臨時で参加したのだ。両澤とは何度かSNS経由でメッセージを交わしたけれど、自然に途絶えてしまった。

寝る前にSNSをチェックしようと思い、パソコンを起動させた。写真や日記を公開することがメインのSNSは、多くの知り合いと繋がっている。だけど一度会っただけの人もいて、顔と名前が一致しない相手も少なくない。頻繁に情報を更新している人もいるが、理恵は閲覧専用にしていた。

皆子が写真付きで近況を報告していて、写真には見覚えのある人物が写っていた。ツーブロックの髪型と日焼けした肌、あごひげは先日パーティーで一緒だった両澤だ。

二人の距離は近く、『ラブラブだね』と絵文字入りのコメントがついていた。皆子の過去の記事をさかのぼると、二日ほど前から二人は交際をはじめたらしかった。

「いつの間に」

さすがに驚いていると、スマホがメッセージの着信音を鳴らした。奇遇なことに送り主は皆子だった。

『夜分遅くごめんね。両澤さんが今度、スープ屋しずくの朝ごはんに行きたいって言ってるんだ。せっかくなんで理恵ちゃんも一緒に行かない？』

しずくの朝営業は平日のみなので、理恵は出社前に立ち寄ればいい。邪魔になる気もするけど断る理由もない。交際から間もないからこそ、第三者がいたほうが気楽なこともあるのだろう。理恵は皆子にＯＫの返事を送った。

4

一月下旬になり、寒さがますます厳しくなっていた。地下鉄の改札前で待っていると、両澤と皆子は寄り添いながらやってきた。

「今日は来てくれてありがとう」

「美味しいスープを楽しみにしてるよ」

両澤と皆子の笑顔は輝いているように見えた。理恵が先導して地上に出ると辺りはまだ暗く、東の空が薄ぼんやりと紫色に染まっていた。

「お付き合いをはじめたんですよね。おめでとうございます」

両澤と皆子が顔を見合わせ、同時に笑みを浮かべる。

「皆子から猛アタックを受けてさ。俺が押し切られた感じかな」

「もう、恥ずかしいですって」

皆子が唇を尖《とが》らせ、両澤の脇腹を肘でつつく。付き合いはじめの学生カップルみたいな初々しい雰囲気を微笑ましく思う。熱々ぶりを見せつけられていたら、スープ屋しずくまではあっという間だった。

「雰囲気のいい店だなあ」

オフィス街の裏路地は暗く、そのためスープ屋しずくの店頭の明かりは人を惹《ひ》きつける。店先にはラベンダーやローズマリーなどのハーブ類の鉢植えが並んでいて、入り口ドアにかけられた看板はＯＰＥＮになっていた。

ドアを開けると、ベルの音が鳴った。同時にブイヨンの香りを含んだ暖かな空気が吹き出してくる。

「おはようございます。いらっしゃいませ」

店内に入ると、麻野の声が出迎えてくれた。露はすでにカウンターに座っていて、客は他にいなかった。露は理恵に一礼し、同行人がいることに気づくとすぐに食事に戻った。理恵たちはまずテーブル席に座り、麻野の代わりに朝時間の決まりを伝えることにした。

「朝のスープは一種類で日替わりです。パンとドリンクはセルフで、カウンターの脇にあるのがフリーになっています」

「取り放題は嬉しいなあ。店主さん、今日のスープは何なんですか？」

両澤の大きな声が静かな店内に響く。

「本日はマッシュルームのポタージュです」

両澤と皆子が見つめ合う。

「うまそうだな。皆子は嫌いじゃないか？」

「キノコは大好きですよ。楽しみだな」

顔を近づけて会話する二人を前に、やはりお邪魔だったのかと思えてくる。三人でパンとドリンクを取り、戻ってくるとすぐに麻野が本日の料理を運んできてくれた。

「お待たせしました。マッシュルームのポタージュです」

「わあ、器が可愛いですね」

陶器製のスープボウルはマッシュルームを逆さにしたような形で、赤に色づけされていた。そこにクリーム色のポタージュがなみなみと注がれていて、キノコ特有のふくよかな香りがふわりと立ち上っている。その上にオリーブオイルがあしらわれ、マッシュルームのスライスが浮き実としてのせてあった。

「いただきます」

添えられたスプーンは水牛の角を削り出したものだった。金属より柔らかく、木よりも堅さを持っている。麻野はいつも、そのスープに合った容器やスプーンも考慮して配膳をしてくれるのだ。

水牛の角のスプーンでポタージュをすくって口に入れた。その途端、キノコ類が持つ豊潤な旨みが舌に押し寄せてくる。香味野菜のさわやかさとブイヨンの旨みは控えめで、あくまでマッシュルームが主役だ。ぽってりとした舌触りに、粗挽《あらび》きの黒胡椒《こしょう》のぴりりとした辛みが程よいアクセントになっている。

「これは旨いな。想像以上だ」

両澤が目を丸くして、スープを見下ろしている。麻野のスープを褒められるのは我がことのように嬉しかった。

「麻野さんの料理はいつ食べても感動します。ホッとする温かさがあって、でも毎回鮮烈さがあるんです」

つい早口になってしまう。そんな理恵を見ながら、皆子が微笑んでいる。そしてスープを飲み込んでから口を開いた。

「私も今度作ってみようかな。淳也さんにも食べてもらいたいし」

「ぜひお願いしたいな。こんなスープが家で食べられたらきっと幸せだよ」

両澤が思い出したように顔を上げた。

「この前理恵さんが作ろうとしたポタージュ・ボン・ファムも、スープ屋しずくで知った料理だったっけ。あれも食べてみたかったな。それにしても、どうしてあのジャガ芋はあんな色になったんだろう」

「実はあの後、自宅でも同じように切ったジャガ芋を冷蔵庫に入れてみたんです。でも色が全く変わらなかったんですよ」

「不思議だなあ」

両澤が首を傾げる。そこでふと、真相を見抜いてくれる人に思い至った。近頃店に来ていなかったため、聞く機会が訪れなかったのだ。

「店主の麻野さんならわかるかもしれません。食材について詳しいですし、どんな謎でもたちどころに見抜いてくれるんですよ」

謎解きについて気軽に頼りすぎるのは控えようと思っている。でもこのくらいの話題なら、麻野の負担にはならないだろう。

「そうなんだ。それは期待大だね」

「へえ、どんな謎でも……」

皆子が興味深そうにカウンターの向こうを見詰めていた。

「あの、麻野さん。お話を聞いていただいてもよろしいでしょうか」

「はい。構いませんよ」

麻野は突然のお願いをすんなりと受け入れてくれた。理恵はホームパーティーについて詳しく伝える。合コンめいたシチュエーションだと思われるかもしれないけれど、きっと麻野は気にしない。時おり両澤も補足しつつ、当日の状況を説明し終えた。

「こんな感じだったんです。ジャガ芋が変色した理由は思い当たりませんか？」

両澤も皆子も真剣な眼差しを向けていた。麻野はあごに手を当て、思案顔を浮かべたまま黙り込んでいる。

麻野でも解決できない難問なのだろうか。理恵がつぶやいた。

「やっぱり私の買ったジャガ芋がわるかったのでしょうか」

「違うと思います」

突然、少女の声が割り込んできた。カウンター席の露が振り返り、理恵たちのいるテーブル席を見ていた。

「私には理恵さんが、そんな変な買い物をするとは思えません」

表情にも声にも険がある。露の言う通り、ジャガ芋は信頼できるスーパーで購入した。だけど絶対ではない。そして露の視線はなぜか、皆子に向いている。

露は人の感情に敏感すぎるところがある。表面上は隠していても、表情や声音の微妙な変化を読み取るのか、なぜか察知してしまう。だけど本人もその正体が何なのか言葉にできず、なぜ露自身がそう感じるのか理論立てて説明できないようだ。

何となく気まずい雰囲気になる。理恵は麻野に助けを求めた。

「麻野さん、どうなのでしょう……?」

「申し訳ありません。僕にはわかりかねます。お力になれず面目ないです」

麻野が首を横に振る。理恵は小さくため息をつき、露に顔を向けた。

「そうでしたか。信じてくれて嬉しいよ。露ちゃん、ありがとう」

露は黙り込み、不機嫌さを顕《あら》わにしたまま席から降りた。カウンターの椅子は背が高いので、小学五年生でも比較的小柄な露だと、飛び降りるような恰好になる。

食事はもう終えていたようだ。

「ごちそうさまでした」

そっけない態度で言い、カウンター奥にある戸の先へ姿を消した。そのすぐ後、麻野が頭を下げた。

「娘が大変失礼致しました。後で叱っておきますので」

露には少々気が強いところがある。無愛想な態度はあまり褒められたものではない。あのような振る舞いには理由があるはずだけど、全く思い当たらない。

麻野は謝罪したが、両澤たちは気にしていない様子だ。

「いいんですよ。理恵さん、娘さんにとても懐かれているんだね。ところでこのスープ、本当に素晴らしいな。店主さん、お代わりしてもいい？」

両澤のスープボウルは空になっていた。普段から運動をしているだけあって、朝からたくさん食べるようだ。

「かしこまりました」

朝営業のスープの値段は決まっているが、実は半分の値段でお代わりができる。麻野がカウンターから回り込み、スープボウルをトレイにのせる。カウンターの向こうに戻り、寸胴からスープを注ぎ入れた。麻野に向かって両澤が声をかける。

「上にのっていた白いやつも美味しかったな。あれは何？」

「生のマッシュルームのスライスです。気に入っていただけたようなので、多めにサービスしておきますね」

麻野がスープボウルを両澤の前に運んできた。スープの表面に最初の倍ほどのマッシュルームのスライスが浮かんでいる。

「マッシュルームに含まれるパントテン酸は熱に弱く、生で食べることでより多く摂取できます。パントテン酸は免疫を高めたり、紫外線の照射によって発生するシミの予防や改善などに効果があるとされています」

その瞬間、皆子の表情がかすかに強張る。正面に座る理恵にはわかったが、隣で麻野の話に耳を傾ける両澤は、皆子の変化に気づいていないようだ。

「女性ならお詳しいと思いますが、メラニン色素はお肌の大敵です。シミは一度できると消えにくいものらしいですね。ですが後々のケアによって改善することは可能だと聞きます。たいていのことは、後々から取り返しがつくものだと思っています」

麻野の物言いを意外に思う。普段は栄養価の説明をするだけで、美容などに踏み込んだ発言は珍しかった。

「そうなんですね。それじゃ、肌のためにたくさん食べようかな」

皆子は曖昧な笑みを麻野に返し、食事を再開した。両澤はスプーンを使い、幸福そうにポタージュを口に運んでいる。

食事を終えた辺りで、理恵の出社する時間が近づいてきた。会計を済ませ、店の前で別れる。両澤と理恵は出社し、シフト制勤務である皆子は休日らしい。一旦自宅に戻るそうだ。遠くなる二人の背中を、幸せになってほしいと願いながら見送った。

その日の夜、皆子からスマホに着信があった。電話に出ると今日のお礼を述べられ、他愛ない雑談が続く。会話の途中で突然、皆子がとんでもないことを言い出した。

「理恵ちゃんって、スープ屋しずくの店主さんのことが好きだよね」

「えっ。……なんでですか？」

「ばればれだって」

含み笑いが伝わってくる。そんなにもわかりやすかっただろうか。恥ずかしさのあまり、何も言えなくなる。かすかな沈黙の後、皆子が口を開いた。

「スープ屋しずくの店主さん、何か言ってた？」

不意に皆子の声のトーンが下がる。何を気にしているのだろう。真っ先に浮かんだのはスライスしたマッシュルームの説明の際の、麻野の態度と皆子の反応だ。

あのときの麻野は、明らかにいつもと違っていた。

「特に何も言っていませんでしたが」

電話の向こうで息を呑《の》むような気配があった。

「わたし、両澤さんのことが本気で好きなの」

「はい」

「初めて会ったときからずっと気になってた。でもやっと決心がついて、勇気を出して積極的にアプローチをしたの。だから……、この幸せは絶対に逃したくないんだ」

返事に困っていると皆子は小さく息を吐いた。

「ごめん。突然わけがわからないよね。実はジャガ芋を黒くしたのは、わたしなんだ」

5

理恵の目の前にスープ皿が置かれる。青色の絵付けがされた白磁の皿には、牡蠣《かき》と青梗菜《チンゲンサイ》、卵の入ったスープがたっぷり注がれていた。

スープ屋しずくの本日の朝のメニューは、牡蠣と青梗菜の中華スープだ。レンゲを入れると、スープにはとろみがついていた。表面に浮かんだごま油の香りが食欲をそそる。スープを口に運んでから味わい、理恵は小さく息をついた。

「……美味しい」

スープに牡蠣の旨みが溶け出していた。主役である牡蠣を口に運ぶ。噛むとぷりぷりの身が弾《はじ》け、クリーミーさが口の中でとろりと広がる。磯の風味は生姜の香りに包まれ、いやみを感じさせない。

「旬の牡蠣は最高ですね。栄養が詰まっている味がします」

「ありがとうございます。この時期ならではの楽しみですよね」

ブラックボードを眺める。牡蠣が海のミルクと呼ばれているのは有名だが、その理由は良質なタンパク質を豊富に含み、ミネラルもバランスよく摂取できるからだという。特に亜鉛は味覚障害の予防に必須の成分らしい。グリコーゲンは肝臓の機能を高め、疲労回復に効果的と書かれていた。

続けてスープと野菜に取りかかる。青梗菜のミネラルを感じさせる苦みは、いかにも身体に良い感じがして好きだった。青梗菜はアリルイソチオシアネートというわさびに多い辛み成分を含有し、消化促進やガン予防に効果があるとされているそうだ。

他にも、シメジやたけのこなどの野菜も入っていて、様々な食感が楽しめる。その全体を卵の柔らかな甘みが一つにまとめてくれていた。

麻野が生のとうもろこしの実を包丁で切っていた。それを炒めた玉ねぎの入った鍋に入れ、バターと一緒に炒めはじめた。スープ屋しずくの人気メニューであるコーンポタージュの仕込みをしているのだ。

理恵は店内を見渡した。開店直後に来たため、客も露もいない。

「あの、麻野さん。昨日のことで聞きたいことがありまして」

麻野が手を止め、スープストックからブイヨンを注いだ。水の蒸発する音が一瞬だけ聞こえる。鍋にスープを入れ終えてから、麻野が顔を上げた。

「ジャガ芋の件でしょうか？」

「そうです。やはり麻野さんが、皆子さんに告白を促したのですね」

昨日、皆子から電話を受け、ジャガ芋を変色させたのは自分であると打ち明けられた。突然の発言に戸惑いつつ、理恵は謝罪を受け入れた。ただ、皆子は謝るばかりで、肝心の変色させた方法については語らなかったのだ。

　麻野がすまなそうな顔になる。

「申し訳ありません。あの場では言い出せませんでした。実際に被害に遭われたのは理恵さんですから、気になるのは仕方ないですよね」

　犯人が目の前にいたから、麻野は真相を明かせなかったのだろう。露は皆子が抱く後ろめたい気持ちを察知したのだと思われた。だから理恵のせいではないと考え、かばうような発言をしたのだ。

「理恵さんは、人間が日焼けをするメカニズムをご存じですか？」

「日焼けですか？　ちょっとわかりません」

　麻野がとうもろこしの入った鍋を木べらでかきまぜる。

「簡単に説明しますと、肌に含まれるチロシンとチロシナーゼという成分が紫外線などの影響によって変化し、黒色メラニンになるわけです」

　肌にできるシミも成分はメラニンのはずだ。ファンデーションで隠してはいるが、理恵は思わず右頬を隠した。

「それとジャガ芋にどんな関係が？」

「実はジャガ芋にもチロシンとチロシナーゼの両方が含まれています。つまりジャガ芋は紫外線によって日焼けをするのです」

「そうなんですか！」

ジャガ芋が変色するのは聞いていたが、その仕組みまでは知らなかった。人間と同様にメラニン色素が発生するとなると、妙な親近感が芽生えてくる。

「お話をうかがう限り、通常ではありえないほどの色の変化があったようですね。つまり、強力な紫外線を当てたことになります」

「そういえば台所に日焼け用のライトが……」

「ある程度長い時間、ライトを当てたはずです。調理の間、ジャガ芋に紫外線を継続して当て続けたのだと思われます。そうなると可能な人物は限られるでしょう。他の人がいれば、気づかれてしまいますからね」

理恵がジャガ芋を切った後、キッチンにおいて一人で作業をしたのは皆子だけだ。オードブルを作り、魚料理の下拵えまでしている。また、皆子は化粧品の販売員として働いていた。職場でメラニン色素についての知識を得たのかもしれない。

パントテン酸の話題で、麻野はシミに効果があると話した。その後、麻野が『たいていのことは、後々から取り返しがつくものだと思っています』と続けたのは、後からでも謝ったほうがいいという皆子に対するメッセージだったのだ。

皆子は昨日、電話口で動機を教えてくれた。

最初に出会ったときからずっと、皆子は両澤が好きだったらしい。だけど勇気が出せずにアプローチができなかった。そんな折、ホームパーティーが開かれることになり、意気込んで参加したそうだ。

そしてパーティー当日、皆子は愕然《がくぜん》とする。それまでの両澤は全体を盛り上げることに徹し、特定の女性に対してあまり積極的に話しかけるタイプではなかったらしい。そのこともあり、皆子は一歩踏み出せないでいた。

しかしあの日の両澤は理恵に何度も話しかけ、自分から一緒に料理を作るとまで言い出した。親友の小日向の言う通り、あの時点で両澤は理恵を気に入っていたのだと思われた。

なぜ自分が好意を持たれたのかはわからない。理恵は両澤に対し特別な感情は抱いていない。でも恋愛は往々にして意識していない人に好意を抱かれ、反対に、好きになった人には興味を持ってもらえないものだ。

理恵と両澤の距離の近さに、皆子は強い焦りを抱いた。そこで皆子は、健全とはいえない手段を取ってしまう。理恵を貶《おとし》めることで、両澤からの印象を下げることにしたのだ。それがジャガ芋を変色させることだった。両澤は健康に気を遣っていたから、食材に目をつけたのだろう。さらにその後、即興でスープを作ることでアピールもした。

人を陥れることは許されない行いだ。ただ、この事実を広めるつもりはない。それほど怒っていないし、皆子も必死に謝ってくれた。両澤に真相を告げるかどうかは、皆子本人に任せることにした。

それに下手に口出しして、二人の交際の邪魔はしたくなかった。皆子が両澤と交際をはじめたのは、本人が積極的にアプローチをしたおかげなのだ。強力なライバルが出現したと思ったことで本気になったのだろう。

理恵は皆子の熱意に圧倒されていた。あんなことをしてしまうほどの好きという気持ちを胸に秘めていた。行為そのものは否定されるべきだけど、それほどまでに誰かを想うことには衝撃を受けた。

理恵は麻野に頭を下げる。

「ありがとうございました。麻野さんのおかげで謎が解けました」

「いえ、僕こそお友達に失礼な真似をしてしまいました」

麻野は理恵が被害に遭ったことを知り、皆子に警告をしてくれた。それは本当に嬉しいことだ。でも多分、馴染みの客に対する親切に過ぎない。わかっているけれど、理恵は勇気を振り絞った。

「ところで、話は変わるのですが」

「何でしょう」

「実は最近、本格的に料理を覚えようと思っているんです」

嘘《うそ》ではない。料理ができるようになりたいと、そのために麻野に料理を教えてもらえればどんなに幸せだろうかと、ずっと考えていた。

「それで麻野さんに、オススメの調理器具や調味料などを教えてほしいんです。もしよければ、一緒に買い物に行ってもらいたいんです。早速で申し訳ないですけど、今週末の日曜日とかって空いてますか？」

好きという気持ちのためによくない行動を取った皆子に触発されているため、気持ちに引っかかりがあるのは事実だ。だけど、自分から動かなければ何も変わらない。決死の誘いに、麻野は気軽な笑みで応えた。

「次の日曜でしたら空いていますよ。僕でよければ、使いやすい調理器具を紹介させてもらいます」

今は買い物に誘うことくらいしかできない。でも、もっと積極的になろうと思った。麻野を想う気持ちは間違いなく、本物なのだから。

第三話

ゆっくり、育てる

1

理恵は約束の十分前に、待ち合わせ場所である地下鉄駅に到着した。地上に出ると、一月の終わりにしては暖かかった。風はなく、青空に薄い雲がかかっていた。

今日は麻野と約束した調理器具の買い物だ。

スープ屋しずくの営業時間外に二人きりで会うのは初めてになる。理恵は深呼吸してから、自分のファッションを確認する。グレーのスウェットワンピで柔らかめな印象を作り、ブラウンのショートトレンチコートで大人な雰囲気も出してみた。ストールやブーツはジャケットと同じ茶系でまとめた。昨晩悩み抜いて決めたファッションだが、正解なのか自信が持てない。

待ち合わせ場所である駅は、いわゆる下町と呼ばれる地域にある。周囲を見渡しただけで、歴史のありそうな飲食店や神社仏閣、古びた民家がいくつも目に入った。どこかのんびりとした空気が流れている気がした。

待ち合わせ時刻の五分前、麻野が階段を上ってきた。顔を見た瞬間、心が弾《はず》んだ。

理恵に気づくと小走りで駆け寄ってくる。

「お待たせしました」

「いえ、私も今来たところです」

麻野は白のセーターと黒のジーンズに、紺のチェスターコートを羽織っていた。マフラーも柄のないグレーと大人しい色合いだ。シンプルなコーディネートは麻野の長身で細身なスタイルを際立たせている。

「それでは行きましょうか」

「えっ、あ。はい。今日はよろしくお願いします」

麻野の私服姿に見惚《みと》れ、反応が遅れてしまう。店内で会うことが多いので、お日さまの下で見る姿は新鮮だった。麻野の隣を歩く。麻野の背丈は目算だと百七十センチ台の後半くらいだ。理恵より十五センチ以上高いのに、並んで歩くのが苦にならない。歩幅を合わせてくれているのだろう。

「ほしいのはフライパンと鍋でしたね」

「はい、そうなんです」

自宅で使用する調理器具を見繕ってもらう約束になっていた。一応、理恵の自宅マンションにも一通りの器具は揃《そろ》っている。だけど安物のフライパンは焦げつくようになり、手鍋は底に焦げが残っている。どちらも買い換えたいと思っていたのだ。

「あっ、でも他に使いやすそうなものがあったら見てみたいです。この商店街に来るのは初めてなので楽しみにしています」

「わかりました。色々な商品が置いてありますから、きっと眺めているだけでも面白いと思いますよ」

麻野の微笑《ほほえ》みを横目で見上げる。麻野の愛娘《まなむすめ》である露《つゆ》に似た質感の黒髪が、陽光を艶やかに反射していた。一緒に歩くだけで胸の鼓動が速くなってくる。

百メートルほど歩くと、巨大なコックのおじさんが屋上に設置されたビルが見えてきた。雑誌で見たことがある。商店街のシンボル的な存在らしい。

歩道にかかったアーケードの下に入る。調理器具の販売店がずらりと並んでいた。店先にはフライパンや鍋、食器類など見慣れた品々もあれば、蕎麦《そば》打ち用のこね鉢や配膳用のトレイなど、自宅ではあまり使用しない商品などもたくさん積まれていた。

理恵は居酒屋にありそうな提灯《ちょうちん》に指で触れた。

「本当に色々なものがあるんですね」

「飲食店で使うものは大抵手に入りますよ。うちの店でもお世話になっています」

てっきり調理器具だけを取り扱っているのかと思っていた。かき氷器やイーゼルボード、領収書も置いてある。他にも輸入食材を扱うなど食品を販売する店もあった。

「まずはここを見ましょう」

麻野が入り口を手で示した。店内に入ると棚と棚の間隔が狭い。麻野の背中を慎重に追いかける。店の奥には鍋が並んでいた。

「こちらは雪平鍋《ゆきひらなべ》になります」

木製の取っ手がついた片手鍋だ。聞いたことのある名称だが、何が雪平鍋なのかまでは知らなかった。表面のでこぼこは模様のようで、キラキラと銀色に輝いている。

「雪平鍋は金属を叩《たた》いて加工した打ち出し鍋です。和食に使うことが多いですが、うちでもスープを温める際に使っていますよ」

麻野が小分けしたスープを温める姿を思い出す。うろ覚えだが、雪平鍋を使っていた気がした。

「理恵さんにはアルミ製をお勧めします。軽いですし、熱伝導率も高いです。お湯を沸かしたり煮炊きをするのに重宝しますよ。ＩＨでは使用できませんが、理恵さんのお宅はどうですか？」

「我が家はガスコンロなので平気です」

小鍋を一つ手に取る。確かに軽くて扱いやすそうだ。表面のでこぼこは金属加工の際に叩いた跡のようだ。内側に目盛りがついていたり、テフロン加工が施してある品もある。他にも麻野はステンレス製や銅製、レモン型の雪平鍋も紹介してくれた。

調理器具の説明をする麻野は、料理の話をするときみたいに饒舌《じょうぜつ》だった。そんな姿を微笑ましく思う。麻野が嬉《うれ》しそうだと、理恵も自然と笑顔になる。

「これも使い勝手がよいですが、この商店街には魅力的な商品がたくさん置いてあります。今日は色々と見て回りましょう」

「ありがとうございます。楽しみです」

麻野の紹介であれば、雪平鍋を買ってもよかった。でもすぐに決めてしまうより、一緒に店を見て回るのも魅力的だ。購入は保留にして次の店に向かうことにした。

通行人は観光客らしき外国人が目立つ。お国柄なのか真冬なのに薄着の人も多かった。有名な神社仏閣が近いこともあり、観光ルートになっているのだろう。特に食品サンプルを並べた店は観光客で混雑していた。

「歩いているだけでも飽きないですね。あっ、火鍋《ひなべ》専用の鍋だ。麻野さんなんか目移りして大変なんじゃないですか？」

　麻野が照れくさそうに鼻の頭を指で掻《か》いた。

「ご指摘の通りです。珍しい調理器具や食材を見かけると、つい手を出してしまうのが僕のわるい癖です。店の奥にある物置も、比留間《ひるま》さんに手伝ってもらって最近ようやく整理できたくらいですし」

「梓《あずさ》ちゃん、また働きはじめてくれてよかったです」

　比留間梓は以前、スープ屋しずくのランチタイムにアルバイトをしていた大学生だ。四月からは四年生になる予定だ。年末年始にかけて起きたある騒動で一度は店を辞めたが、最近アルバイトに復帰したのだ。

「比留間さんには色々とご迷惑をおかけしました。その上で戻ってきてくれるのは本当にありがたいです」

　麻野が嬉しそうに目を細める。梓を発端にして起きた諸問題は麻野にとって辛いことだったに違いない。解決後の顚末《てんまつ》も話を聞いている。割り切ることが難しい事柄だが、麻野が少しでも前を向ければいいと思っている。

「おお、しずくの大将。ひさしぶりだな」

歩いていると、突然声をかけられた。野太い声の五十代くらいの男性が、麻野に親しげな笑顔を向けている。麻野が立ち止まり、挨拶を返した。

「ご無沙汰しています。お元気そうで何よりです」

「最近あまり、顔を見せてくれないじゃないか」

「こちらの商品は頑丈ですからね。しばらく買い換えはなさそうです」

店頭にはスープを取るための大きな寸胴《ずんどう》が並んでいた。会話する様子を眺めていると、男性店員が理恵に気づいて目を丸くした。それから麻野の肩を強めに叩いた。

「デート中か。野暮な真似《まね》をしたな。今度ゆっくり見ていってくれ。しずくもまた寄らせてもらうからよ！」

男性店員は豪快に笑い、店の奥に引っ込んでいく。冗談なのはわかっているが、頬が熱くなってくる。理恵は麻野の表情を恐るおそるうかがった。

「えっと、お知り合いなんですね」

「うちの店で使っている寸胴は全てこちらで揃えました」

麻野に表情の変化はない。恋人扱いされて意識しているのは理恵だけのようだ。だけど、それはわかっていたことだ。気を取り直して、麻野と一緒に商店街を散策する。

途中で食器類の店にも立ち寄る。箸《はし》や茶碗《ちゃわん》などの陶器類が並んでいた。可愛《かわい》らしいグラスが気になったが、六個セットからの販売らしく購入は断念する。花柄のガラス製の皿も目に入ったけれど、少々値が張っていたのでこちらもあきらめた。

「あら、麻野くんじゃない」

次の店に移動する最中、すれ違いざまに着物姿の女性から呼び止められた。結わえた黒髪と赤い口紅が印象的な、長身の美女だった。理恵より年上のようだが年齢不詳な風貌で、しっとりとした浅黄《あさぎ》色の着物が艶っぽい。

「こんにちは。お元気そうで何よりです」

和装の美女は色っぽい笑みを浮かべる。

「この前はありがと。おかげで長年の謎《なぞ》が解決できたわ。そうだ、新作の筋引《すじひき》が入荷したの。これが名品なんだ。今から見に来ない？」

「残念ですが、大切な用事があるので今日は遠慮しておきますね」

「あら、そうなの？」

そこで和装の美女は理恵に視線を向け、眉を上げた。理恵の全身を審査するように観察し、真っ赤な唇の端を上げた。

「それなら諦めるか。また手入れに来てね。麻野くんもそれなりに達者だけど、私から見ればまだまだ未熟なところがあるから」

「ぜひ頼みます」

和装の美女は理恵に意味深な視線を向け、近くにあった包丁専門店に入っていく。包丁を取り扱う店の店員だったのだ。理恵はドキドキしながら麻野に訊《たず》ねた。

「お知り合いが多いのですね」

「先ほどの方には定期的に包丁研ぎをお願いしています。仕事柄通っているうちに、色々な人たちと交流を持つようになりました。みなさん、仕事に対する熱意に溢《あふ》れていて、専門知識も豊富なので色々と教えてもらっています」

麻野の人柄なら自然と交友関係は広がっていくのだろう。話しぶりによると、謎の解決にも一役買っているようだ。何も店内限定ではないのだ。その後も麻野は何度も呼びかけられていた。

次に訪れた店舗はフロアに余裕があり、商品が見やすく展示してある。厳選した逸品だけを並べているようだ。案内されたのは南部鉄器《なんぶてつき》のコーナーだった。麻野は鉄のフライパンを手に取った。

「この品は僕も店や自宅で愛用しています。フライパンと聞いて、理恵さんにはこれを紹介しようと思っていました」

「鉄のフライパンですか」

手を伸ばそうとすると、背後から声をかけられた。

「ちょっと麻野さん、難易度の高い商品を勧めてるね」

振り向くと、エプロンを着用した店員が立っていた。二十代前半くらいの目がくりっとした小柄な女性だ。女性店員は、理恵に花咲くような営業スマイルを向けてくる。

「いらっしゃいませ。お姉さん、お仕事はＯＬさん？」

「えっと、はい」

「普段は料理をされます？」

「それほど頻繁には……」

「でしたらフッ素やセラミックで加工された商品を選ぶのも手ですね。焦げつかなくて便利ですよ。安物はすぐに剝《は》がれますが、うちの商品は少々値が張る分、長期使用をお約束します」

先ほどから気になっていることがあった。麻野は街や店内で何度も声をかけられていた。その顔ぶれには男性もいたが、圧倒的に女性が多かったのだ。

あらためて考えれば、麻野が女性に人気がないわけがないのだ。以前、会社の後輩の伊予が、麻野に近い女性は理恵だと言っていた。その場では浮かれていたが、所詮は客と店主の関係の中での話に過ぎなかったのだ。少しでも上機嫌になった自分が馬鹿みたいである。

女性店員は近くの棚からセラミック加工らしいフライパンを持ってくる。それから麻野に親しげな様子で話しかけた。

「麻野さんは料理が好きだから苦にならないかもだけど、鉄器の手入れの難しさもしっかり教えないとダメだよ。気を抜くとすぐに台無しになるんだから。料理に費やせる時間や手間は人によって違うんだし」

「もちろん説明するつもりでしたよ。こちらの方は、購入したら道具をきちんと育ててくれます。信頼できる人でなければこの商品は紹介しません」

「ふぅん、そうなんだ」

女性店員の視線が感心するようなものに変わる。多分、女性店員は忙しい人のために手間のかからない品を勧めようとしてくれたのだ。他意はないのだろう。時間のない会社員には、そちらのほうがありがたいこともある。

でも麻野は手間のかかる商品を紹介した。理恵ならできると判断し、その上で勧めてくれたのだ。

「鉄のフライパン、買います」

とっさにそう口に出していた。

「よろしいのですか？」

麻野が聞いてくる。理恵が急に決めたので、さすがに心配だったのだろう。

「はい、ぜひ使いたいです」

はっきりうなずくと、店員が表情を明るくさせた。

「でしたら最高の商品をご紹介しますね！」

店員や麻野に見繕ってもらい、二十四センチサイズの底の深いものを選ぶことにした。焼く以外の調理もできるので、一人暮らしだと重宝するそうだ。フライパンを手に取ると、自宅で使っているフッ素加工の廉価品に較《くら》べて重量感があった。

麻野は鉄のフライパンを扱う際の注意事項を説明してくれた。

鉄のフライパンは錆《さび》止めにニスを塗ってあるので、持ち帰ったらまずは金たわしと食器用洗剤で表面を洗う必要があるそうなのだ。それから空焼きしてニスを飛ばす。ちなみに、ＩＨでは空焼きはできないらしい。熱したら冷まして、再び金たわしで洗うのだ。

次は全体に油を馴染《なじ》ませる作業が待っている。最初はたっぷりの油を注ぎ、葱《ねぎ》の切れ端やキャベツの芯《しん》などのクズ野菜を弱火で十分ほど炒《いた》める。そうすることで表面に油の被膜ができ、食材がくっつきにくくなる。さらに錆止めにもなるそうなのだ。

最初の工程は以上で終わりだ。これ以降は洗剤で洗ってはいけない。そうするとせっかくできた皮膜が剥がれてしまうのだ。水気厳禁で、使用後は毎回キッチンペーパーなどでしっかり拭かないと、あっという間に錆びてしまうという。

手間がかかる半面、鉄のフライパンにはメリットもあるらしい。蓄熱性が高いため肉はじっくり火を通せて、強火調理ができて炒め物もさっと仕上げられるそうだ。

フッ素加工やセラミック加工の商品は熱や傷に弱く、買い換えが必要になる。だが鉄のフライパンは手入れさえすれば、一生付き合えるとのことだった。

「料理をすることで鉄分が溶け出し、効果的に摂取することもできます。食品の鉄分より鉄器の鉄分のほうが吸収されやすいという実験結果もあるそうですよ」

女性は鉄分が不足しがちなので、効率的に摂取できるのはありがたかった。

「使い続けることでフライパンは徐々に使い勝手がよくなります。しかし油断すると最初からやり直しです。手間がかかる分、手に馴染んでいくことが楽しくなります。ゆっくり調理器具が変化し、自分のものとして育っていくのは嬉しいものですよ」

大変な道具を購入することになったと、理恵は今さらながら焦りを感じる。毎日の仕事に追われ、じっくりと料理をする回数は少ない。手間をかけて調理道具を育てる余裕を持てるのか自信がなかった。

「素晴らしいフライパンです。僕が保証しますよ」

麻野はどことなく嬉しそうにしている。

「料理するのが楽しみです」

麻野が信頼してくれた理由はわからない。でもその気持ちが嬉しくて、応えたかった。女性店員はフライパンを丁寧に包装してくれた。

「そろそろ正午ですね」

麻野が腕時計を確認した。レザーバンドの可愛らしいデザインの時計だ。理恵も時間を確認すると、十一時三十七分だった。予定では麻野とランチを食べてから、再び商店街を回ることになっていた。

「あれ、麻野さんですよね」

またもや声をかけられる。振り返ると、今度は見覚えのある顔だった。スープ屋しずくの常連客の男性だ。朝営業でも何度か見かけたことがあった。

「奇遇ですね」

「三坂《みさか》さんもお買い物ですか？」

男性は三坂という名前らしい。体の線が細く、一重まぶたの薄い顔立ちをしていた。年齢は二十代後半くらいだろうか。下がった眉尻が柔和な雰囲気だ。喋《しゃべ》り方は穏やかで、声も小さめだ。三坂は手に提《さ》げていた袋を掲げた。

「パン切り包丁を買いました。スープ屋しずくで使っているのと同じブランドです」

「とうとう買われたのですか。前からほしいと仰《おっしゃ》っていましたよね」

麻野と三坂は気心の知れた調子で会話をはじめる。双方の口から聞き慣れない道具やメーカーらしき名称が飛び出てくる。三坂は麻野と同じで調理器具好きらしい。愛好者同士の会話に隣で耳を傾ける。すると麻野がその様子に気づき、会話を中断した。

「すみません、つい盛り上がってしまいました。退屈でしたよね」

「いえ、楽しいですよ」

嘘《うそ》ではなかった。好きなことで盛り上がるときの話は、意味がわからなくても不思議と面白く感じる。理恵はあらためて三坂に向き合って頭を下げた。

「奥谷理恵と申します。スープ屋しずくで何度かお会いしたことがありますよね」

「三坂基喜《もとき》です。しずくのお客さんでしたか。見覚えがあると思いました」

三坂は笑うと目尻が下がり、さらに優しそうな印象になる。

そこで三坂が思案顔になった。

「あの、実は麻野さんに頼みがあるんですが」

「何でしょう？」

麻野が首を傾《かし》げる。三坂は済まなそうな表情で話しはじめた。

三坂は今から恋人である熊澤潤子《くまざわじゅんこ》と会うことになっている。潤子には理恵も覚えがある。三坂はスープ屋しずくを訪れるとき、大抵同じ女性と一緒にいるからだ。

三坂は実家に住んでいて、潤子はマンションで一人暮らしをしているという。二人には現在、結婚話が進んでいた。今年中には籍を入れ、式も行いたいと考えているそうだ。今日は二人で使うお揃いの食器を探す予定だった。

そんな婚約者の潤子は現在、腸の調子がよくなかった。原因は明らかで、潤子が野菜より肉を好んでいるためだった。野菜全般がそれほど好きではなく、普段の食事でもあまり摂らないそうなのだ。三坂がスープ屋しずくを訪問するのも、潤子の健康を気遣ってのことらしい。

「実はさっき近くのスーパーで産地直送のゴボウが売り出されていました。ゴボウは食物繊維が豊富ですよね。麻野さんから潤子に渡していただきたいんです。できれば効能も伝えながらだとありがたいです」

「構いませんが、どうして僕から？」

恋人から直接渡せばいいと、理恵もおそらく麻野と同様の疑問を抱いた。

「僕が伝えても、潤子はきっと聞き流しますから。でも潤子はスープ屋しずくの料理が大好きなので、麻野さんが言うなら素直に食べるはずです」

地下鉄の駅の地上出口で十二時に待ち合わせらしい。麻野が理恵をちらりと見てくる。潤子に渡す時間を取っていいかというアイコンタクトだと思われた。うなずき返すと、麻野は済まなそうに軽く会釈をした。

「わかりました。お引き受けしましょう」

「すみません。助かります」

理恵たちは近くのスーパーでゴボウを購入してから、待ち合わせ場所に時間通りに到着した。麻野と理恵が待ち合わせした場所と同じだった。

十二時を五分ほど過ぎて、女性が階段を上ってくる。やはりスープ屋しずくで三坂と一緒にいる女性だった。三坂に手を振ってから、隣にいる麻野に気づいて目を大きく見開いた。

「えっ、えっ、麻野さんだ！」

潤子が大声を上げる。きりっとした眉と、ふっくらした唇の女性だった。背が高く、ヒールを含めると三坂と身長が同じくらいだ。

三坂が麻野たちと偶然出会ったと説明すると、潤子が満面の笑みを浮かべた。

「わたしが遅刻しなければ、麻野さんたちと出会えなかったのか。寝坊してラッキーだったなあ」

潤子はわるびれた様子を見せない。遅刻された側が言うなら角が立たない冗談なのに、と理恵は思った。理恵と潤子は互いに挨拶を交わした後、麻野が持っていたビニール袋を潤子に差し出した。

「知り合いから頂いたゴボウです。よかったら食べてください」

「わあ、いいんですか？　ありがとうございます！　ゴボウ、大好物なんですよ。そういえば、ゴボウってどんな栄養があるんですか？」

潤子のほうから聞いてくれた。麻野から野菜を渡されたら、店で紹介されているような効能が気になるのだろう。

「ゴボウは不溶性と水溶性の両方の食物繊維をバランスよく含んでいますよ」

潤子が袋を受け取り、大事そうに胸に抱える。

「最近お腹《なか》の調子がよくないのでちょうどいいです。麻野さんから貰《もら》った野菜なら、普通の何十倍も効果が出そうですし、何百倍も美味《おい》しく感じそうです。絶対に食べますね！」

潤子の声は大きく、通りがよかった。用事が済んだので理恵たちは失礼することにした。

「ありがとうございました。またお店に行きますね」

離れてから振り向くと、潤子はずっと手を振ってくれた。理恵は軽く会釈を返す。

「元気な人でしたね」

朝営業時も潤子が大きな声で話し、三坂が静かにうなずいていたことを思い出す。

「お付き合いいただいてありがとうございます。今から食事にして、それからまた見て回りましょう。実は近くに前から行きたかった洋食屋があるのです」

「そこにしましょう。期待してますよ」

「理恵さんのお口に合えばよいのですが」

鉄のフライパンの入った袋は麻野が持ってくれている。筋張った長い指が紙袋の紐《ひも》を握っていた。どんな店に案内してくれるのだろう。考えるだけで胸が高鳴る。

冬の街の空気に、白い吐息が拡散して消えていった。

2

数日後の午前六時半、理恵は会社の最寄りの地下鉄の駅から地上に出てきた。一月末の早朝は薄暗く、空気は冷え切っていた。今冬で最大級の寒波が襲来しているという。スキーで訪れる山中を思い起こさせる底冷えで、予報では雪が降るらしかった。

今週に入り、急に仕事が忙しくなっていた。そんな状況こそスープ屋しずくの温かな料理が最も恋しくなる。

通い慣れた道を歩きながら、麻野と出かけた日のことを思い出す。

三坂たちと別れてから、老舗の洋食屋でランチを食べた。麻野が注目していただけあって、ビーフシチューの味は素晴らしかった。その後はまた商店街を回り、夕方頃に解散した。飲みに誘いたかったけれど無理だった。唯一の進展は連絡に便利なSNSのIDを交換したことくらいだ。

スープ屋しずくの店の明かりが見えてきた。夜の闇が残る路地の一角を、暖色のライトが照らしている。ドアを開けると温かなブイヨンの香りが漏れ出した。急いで店に入り、ドアを閉める。

「おはようございます、いらっしゃいませ」

麻野は布巾で皿を拭きながら、いつもの挨拶をしてくれた。

「おはようございます」

客席には誰もいない。理恵がコートを脱いで椅子に置くと、麻野が声をかけてきた。

「本日のスープは南ドイツ風オニオンスープになります」

今日のように寒い日にオニオンスープはたまらない。オニオングラタンスープは、スープ屋しずくでもグランドメニューとして扱っている。今の季節は特に、夜営業時にたくさんの注文が入っているようだった。

「南ドイツ風だと何が違うんですか？」

理恵の質問に、麻野は得意げな笑みを浮かべる。

「出してからのお楽しみで。きっと気に入っていただけるかと思います」

「では、お願いします」

期待を膨らませつつ、理恵はパンとドリンクを取りに行く。かじかむ指先でフランスパンのスライスを小さなカゴに入れる。それからホットのルイボスティーをカップに注《つ》いだ。

カウンター席に座り、カップを両手で包み込んだ。指先が温められ、ほぐされていく。そのまま口に運び、熱々のお茶を飲み込んだ。喉を通り、胃に落ちていくのが熱で伝わってくる。ほっと息を吐くと、麻野が皿を配膳してくれた。

「お待たせしました」

「あれっ、色が白いですね」

理恵の知っている茶褐色のスープとは明らかに違っていた。ミルク仕立てのホワイトシチューのような色をしたスープが白い陶器に盛られている。いたずらに成功した子供みたいに麻野が笑う。

「ドイツでの正式名称はツヴィーベルズッペになります。意味はそのまま玉ねぎのスープですね。日本でメジャーな茶褐色のスープもドイツにありますが、南ドイツではこういった牛乳や卵黄で仕立てたものも食べられています」

顔を近づけると、ミルクの甘い香りと玉ねぎの香ばしさが同時に食欲をそそった。シルバーのスプーンを手に取り、早速味わうことにした。

「いただきます」

スプーンの先をスープに沈めると、シチューよりも滑らかなとろみを感じた。具材はシンプルに玉ねぎだけのようだ。理恵はスープを口に運ぶ。飲み込んだ理恵は、小さく息を吐いた。

「美味しい……」

炒めた玉ねぎの凝縮された甘みと滋味が強く感じられた。玉ねぎは独特の尖《とが》った味わいがあるが、それを卵黄やミルクのまろみが優しく包み込んでいた。飲み込んだ後には、それぞれの香りが一体となって鼻孔を抜ける。シンプルだからこそ素材の特徴が活《い》きている。疲れを感じる朝に相応《ふさわ》しい、落ち着く味わいのスープだった。

「こんなスープがあるんですね。毎日でも食べられそうです」

「ありがとうございます。喜んでもらえて光栄です」

理恵はブラックボードを眺める。今日のスープには契約農家から仕入れた地鶏の卵を使用しているらしい。卵黄に含まれるレシチンには脳を活性化させる効果や血圧を低下させる効果などが報告されているそうなのだ。他にもビタミン群やアミノ酸などをバランスよく摂取できる。さらにメチオニンという成分を含み、強い抗酸化作用があるとされている。

スープを味わっていると、カウンター奥の扉から露が顔を出した。客席を見渡し、理恵と目が合うと微笑みを浮かべる。

「露ちゃんおはよう」

「おはようございます」

「おはよう、露」

露が頭を下げ、麻野も挨拶を告げる。露は丸パンとオレンジジュースをトレイにのせ、理恵の席に近づいてくる。露は白のトレーナーに、グレーのチェックのスカートというシンプルな服装だ。フリルのついた白のソックスに黒のローファーがガーリーなアクセントになっていた。

理恵の隣に座ると、すぐに麻野が南ドイツ風オニオンスープを露の目の前に運んだ。

「いただきます」

露がスプーンですくい、オニオンスープを頬ばった。飲み込んでから、目を閉じる。それからぱっと花咲くように笑みを浮かべた。

「今日のスープも美味しいね」

父親の料理を味わう露は、心底幸福そうな顔をする。そんな露に麻野が優しげな眼差《まなざ》しを向ける。二人のあいだに流れる温かな空気が理恵は好きだった。

ドアベルが鳴り、外の冷たい空気が入り込んできた。一人の女性が入ってきて、ドアがすぐに閉まる。

「あれ？」

来店したのは、三坂の恋人の潤子だった。今日は一人らしい。潤子はファー付きのグレーのダウンコートにタイトなブルージーンズ、キャメルのムートンブーツという格好だ。理恵に気づくと、軽く会釈をしてくる。

「おはようございます」

理恵が挨拶を返すと、潤子は重そうな足取りでカウンターに座る。麻野からメニューを説明され、潤子は無言でうなずく。ドリンクやパンを取りに行く様子もなく、コートを座席に置いた。コートの下は紺色のニットだった。

「麻野さん、話を聞いてもらっていいですか」

潤子がスープをよそう麻野に声をかけた。

「何でしょう？」

潤子が大きなため息をつき、それから理恵にも顔を向ける。

「せっかくなんで、理恵さんもいいですか？」

「えっと、いいですけど……」

どんどん話が進んでいく。理恵は戸惑いながらも返事をする。

「ありがとうございます。実は……、基喜との結婚話が延期になったんです」

そう言いながら、辛《つら》そうに目を伏せる。潤子の声は早朝の静かな店内によく通った。唐突に話を進める潤子に驚いたのか、露が大人しくしている。麻野がカウンターに皿を置くと、スープから湯気が立ち上った。


潤子は会社の取引先で三坂と知り合った。潤子からの三坂の第一印象は大人しそうな人で、優しい性格に好感を持ったそうだ。潤子が積極的にアプローチをして交際をスタートさせたという。

その後は潤子が三坂を引っ張るという関係性が続いているそうだ。性格が正反対だからこそ馬が合うと、潤子は自分たちについて話した。

「物静かなところが、もどかしいときもあるんですけどね。プロポーズだって、わたしが無理やり言わせたようなものだし。昔からお嫁さんになるのが夢だったから」

赤くなった頬から、三坂を好きな気持ちが伝わってきた。

双方の両親への挨拶も、潤子が主導してセッティングしたそうだ。続いて結婚式の日取りを決めようとした矢先に、三坂が所属する部署で進めている企画が軌道に乗り出した。そのため最低でも半年は出張が増えることになる。そこで三坂は仕事の目処《めど》がつくまで結婚式の準備を中断したいと申し出てきたそうなのだ。

「残念だけど、仕事なら仕方ないと思っていました。でも実際は違っていたんです」

二人は仕事を通じて出会ったため、潤子は三坂の勤める会社に知り合いがいた。その人物を経由して、潤子はある噂《うわさ》を耳にする。出張は本来、三坂の担当ではなかった。だが三坂が突如自ら志願して仕事を増やしたというのだ。

「つまり基喜は自分で結婚延期の理由を作ったわけです。でもわたしには、基喜がそんなことをする心当たりがないんです」

結婚式の準備や互いの親族との関係など、夫婦になろうとする二人には様々な障害が発生しやすい。理恵が口を開く。

「思い入れのあるプロジェクトだったり、社内の評価を上げるためだったとか？」

「……どうなのでしょう」

当たり障りのないフォローでも潤子の表情は晴れない。暗い顔でスープを口に運ぶ。あれだけ美味しいスープを食べても、潤子は沈んだ表情のままだ。

潤子は深々とため息をついた。

「麻野さんも理恵さんも、お話を聞いてくださって、ありがとうございました。気持ちが楽になった気がします」

　言葉とは裏腹に笑みに力はない。どうして基喜が結婚式の延期を望んだのか、理由は結局わからないままだ。二人の問題を第三者が推し量るのは無理なのかもしれない。

　潤子が勢いよくスープを食べはじめ、あっという間に平らげてしまった。

「ごちそうさまでした」

　潤子が会計を済ませる。もう一度理恵たちに礼を告げてから、店を出て行った。ドアベルの音が鳴る。隣に座る露がドアを見つめていた。

「何ていうか、少しびっくりしました」

　露はあっけに取られている。

「どうして？」

「えっと、自分の話だけして、終わったらすぐに帰るところとか……」

　言いたいことだけ言って帰っていった姿は、台風がやってきて過ぎ去ったときに似ている気がした。すると麻野がたしなめるように言った。

「お客さまには色々な人がいる。お帰りになった後に好き勝手言うことは、飲食店としてやってはいけないことだ。露は今、店主である僕の娘として客席にいる。そこはちゃんとわきまえないとダメだよ」

「……ごめんなさい」

露が肩を落とす。潤子は話を聞いてもらうためにスープ屋しずくに来た。結婚というデリケートな問題だからこそ、近しい人には話しにくかったのかもしれない。無関係な人だからこそ気楽に打ち明けられることもある。

ふいに理恵は、潤子ともう少し話がしたいと思った。

「ごちそうさまでした」

理恵は立ち上がり、会計を済ませた。麻野と露に別れの挨拶をして、店のドアを開ける。暖かな店内の空気から一転、鋭い寒風が肌を突き刺した。

「あ……」

雪が降りはじめていた。店の窓は曇っていて外の様子に気づけなかった。雪はみぞれに近く、道路は溶けかけのかき氷みたいになっていた。

折りたたみ傘を取り出す。潤子はまだ近くにいるだろうか。日が昇り、辺りは明るくなっていた。履き慣れたパンプスで冷たい水たまりを踏む。急ぎ足で路地を抜け、大通りに出る。すると潤子が傘を差さないで歩いていた。

「熊澤さん!」

声をかけると潤子が振り返り、驚きに目を丸くする。

「傘がないのでしたら、一緒に入りますか？」

自分でもなぜ話を聞きたいと考えたのかわからない。だけど、わずかでも力になりたいと思った。

「いいんですか？　助かります！」

潤子が理恵の傘に入ってくる。二人で並んで歩く。道行く会社員の人たちはみな傘を差している。潤子が利用する地下鉄駅の出入口は会社までの通り道からも近かった。潤子が小さく息を吐いた。

「実は麻野さんが名推理をしてくれるっていう噂を耳にしたんです。でも都合よくはいかないですね」

だから潤子は自分たちのことを店で語ったのだ。小さな折りたたみ傘に、湿った雪がべたりと落ちてくる。潤子が理恵の顔を覗《のぞ》き込むように見てきた。

「突然ですけど、理恵さんって麻野さんと付き合ってるんですか？」

「へっ？」

直球の質問に、理恵は目いっぱい首を横に振る。

「この前は麻野さんに頼んで、料理道具を見繕ってもらっただけです」

「そうなんだ。何を買ったんですか？」

「鉄のフライパンと雪平鍋、後は土鍋などですね」

理恵の答えに、潤子が眉を上げた。

「鉄のフライパンですか。わたしも基喜さんからプレゼントで、炊飯用の小さめの鉄釜をもらったことがあります」

小さな折りたたみ傘を二人で使っているため、理恵の右肩が濡《ぬ》れはじめていた。

「理恵さんは鉄のフライパンをちゃんと使っているんですよね？」

「手入れは難しいですけど、何とか使っていますよ」

すると潤子が苦笑いを浮かべた。

「本当に面倒ですよね。だから実はわたし、普段は戸棚に押し込んでいるんです。基喜さんがうちに来るときは引っ張り出してきて、いかにも毎日使ってる雰囲気を出しますけど。これ、内緒にしてくださいね」

自分で購入したのなら手入れをする気にもなる。でも頂き物では合わない場合もあるのだろう。考えごとをしながら歩いていたら、水たまりに足を入れてしまう。靴の中が濡れた感触があった。

「そういえばゴボウは食べられたのですか？」

「炊き込みご飯にしました。ゴボウも本当はそんなに好きじゃないんですけどね」

ゴボウをたっぷり入れた炊き込みご飯を作り、数回に分けて平らげたという。おにぎりにして三坂にも渡したそうだ。

地下鉄駅の出入口の前に到着する。潤子が相合い傘から一歩進み、屋根のある場所へ移動する。潤子の左肩が濡れていた。

「お話を聞いてもらってありがとうございました。連絡先を交換しませんか？」

「ええ、こちらこそお願いします」

理恵も屋根のある場所に移動して、スマホを取り出した。簡単な操作で互いのIDが交換できる機能がついている。理恵たちは一分も経《た》たずにSNSを介して繋《つな》がった。

「これでお友達ですね。ぜひまた、しずくでお会いしましょう」

潤子が階段を下りていく。理恵はハンカチを取り出し、濡れた肩を拭いた。傘に当たる雪は湿り気を失い、ふわふわとした雪に変わっている。歩道脇の植え込みの枝に、うっすらと白く積もりはじめていた。

3

週末の昼下がり、理恵は調理器具を扱う商店街を一人で訪れた。ここ数日、慣れない料理を何度もしていたら、皿を割ってしまったのだ。そこで先日見かけた皿を買おうと思い立ち、足を運んだのだ。

快晴で、暖かな陽気だった。雪が日陰にわずかに残っている。だけどこの気温なら今日中に溶けきるかもしれない。

商店街には様々な食器類が豊富に取り揃えてあった。数個からのセット販売も多いけれど、ばら売りしている商品もある。理恵の目当てである花の模様が描かれたガラス皿も売り切れずに置いてあった。購入した後は、商店街を再び見て回ることにした。

たくさんの皿を眺めながら、スープ屋しずくの料理に思いを馳《は》せる。麻野はスープに合わせ、皿やスプーンを変える。柔らかな味わいのスープなら木の器とスプーン、シャープな味わいなら硬質な陶器の皿に金属のスプーンなどを組み合わせるのだ。

唇や舌に触れるスプーン、そして食器の手触りは、関係ないようでいて、味に大きく影響を及ぼす。美味しさを引き出すための麻野の気遣いなのだろう。

一時間ほど散策し、理恵はビール用のタンブラーを購入した。以前からほしかったものだ。中身を冷たいままキープしてくれるため、夏には活躍してくれるはずだ。他にも可愛らしいスープ用の小さなボウルも衝動買いしてしまった。

地下鉄駅に戻り、電車に乗り込む。自宅の最寄り駅で降りた理恵は、駅に直結したスーパーに立ち寄った。野菜コーナーではゴボウと人参が安く売られていたので、買い物カゴに入れる。他には使い終えそうな調味料を購入した。

マンションに到着し、部屋のドアの鍵を開ける。入ってから着替えを済ませ、メイクを落とす。エアコンのリモコンを押すと、室内をゆっくりと暖めてくれた。

女性誌を眺め、録画していたテレビを見ていたら五時を過ぎていた。理恵は立ち上がり、夕飯作りに取りかかることにした。

麻野と一緒に調理器具を買って以来、料理をする回数が増えていた。道具を揃えるなど形から入るのも案外効果があるのかもしれない。

まずは米を炊くため、戸棚から土鍋を取り出した。麻野からコンロで米を炊くことを勧められ、土鍋も購入してあったのだ。米をざるに入れ、流水で研ぐ。冬の水道水は指先が痺《しび》れるほど冷たかった。

理恵は今まで炊飯器でしかご飯を炊いたことがなかった。土鍋は最初は抵抗があったが、実際に挑戦すると簡単だった。しかも炊飯器で炊くより香りも味もよい。火加減を調整すればお焦げの具合も自由自在だ。下準備として研ぎ終えた米を水につけておいた。

冷蔵庫を覗き込む。先ほど買ったゴボウと人参《にんじん》以外は、使いかけの大根と玉ねぎ、豆腐、そして豚肉の細切れが入っていた。理恵はきんぴらゴボウと豚汁を作ることにした。

ゴボウを洗う。食べる分だけささがきにして、水にさらして灰汁《あく》を抜いた。人参や大根、玉ねぎなどの野菜を刻み、ごま油を敷いた雪平鍋に入れて炒めていく。

雪平鍋は麻野が推薦してくれた通り、使い勝手がよかった。何度か使っていくうちに全体的に銀色から黒ずんできているが、アルミの特性なので問題ないらしい。最初のキラキラした色合いも綺麗《きれい》だが、落ち着いた現在の風合いも趣《おもむき》があった。

野菜に火が通ったら豚肉を炒める。肉の色が変わったら水を注ぎ、豆腐を入れる。しばらく熱して煮立った時点で火を止める。味噌《みそ》は食べる直前に入れる予定だ。

「さて、次はきんぴらゴボウだ」

人参とゴボウの皮を剝《む》き、細切りにする。ゴボウは先ほどと同様に灰汁抜きをする。それから先日購入した鉄のフライパンを取り出した。

購入してから何度も使ったことで、徐々に油も馴染んできた。肉や卵などくっつきやすかった食材を調理しても、こびりつかなくなった。

フライパンにごま油を入れ、ゴボウと人参を炒める。火が通ったら醬油《しょうゆ》と砂糖、みりんを適量入れて絡める。仕上げに白ごまを振りかけて完成だ。

手入れをした調理道具で料理すると、自分の料理ながら美味しそうに思えてくる。買ったばかりのスープボウルも使えば、食卓が華やかになりそうだ。

ボウルを取りにリビングに行くと、急に眠気が襲ってきた。昼過ぎから出歩いたことに加え、仕事での日頃の疲れが重なったせいだろう。自然にあくびが出てくる。

キッチンの片付けを済ませたかったけれど、猛烈な眠気に耐えられない。リビングは適度に暖まっている。こたつの電源を点《つ》けてから足を入れ、クッションを枕代わりに横たわった。

「少しだけ……」

こたつが振動音を鳴らした。頰に当たるクッションの柔らかさが心地良い。もう一度あくびをしてから、理恵は目を閉じる。

まぶたを上げた瞬間、全身に気だるさを感じた。理恵は起き上がる。目覚まし時計を見て、思わずつぶやく。

「八時？」

アナログ時計が八時五分を指していた。二時間以上眠っていたことになる。理恵は大きく伸びをした。空腹を感じるが、食事をどうするか悩む。夜八時以降の食事はダイエットの大敵と聞く。今からご飯を食べるか迷うところだった。

あくびをしながらキッチンに向かう。米は炊き、普段の半量だけ食べることにした。片付けも済まさなくてはいけない。

コンロを覗き込んだ理恵は我が目を疑う。

「えっ？」

鉄の鍋に入ったきんぴらゴボウが、炭の色のように真っ黒になっていた。すぐに、火を点《つ》けっぱなしにしていたか心配になる。だがコンロのつまみは切になっていた。

脳裏に先日のホームパーティーが浮かぶ。あのときは用意したジャガ芋が茶褐色に変色していたが、今回はそれ以上の色の変化だった。

立ち尽くした後、理恵はリビングに引き返した。スマートフォンを手に取り、キッチンに戻ってから真っ黒になったゴボウを撮影した。

「いや、こんなことをしてる場合じゃない」

あまりにも鮮やかな黒だったので、思わず写真を撮っていた。混乱すると人間は謎の行動を取るらしい。黒いゴボウを皿に移す。鍋を水洗いすると、黒い水がシンクに流れた。だがすぐに透明になり、たわしで洗うと問題なく綺麗になった。鉄のフライパンをダメにしたのかと焦ったが、錆や焦げつきなどはないようだ。

理恵は次に水気を飛ばす作業に取りかかった。フライパンを火にかけて水分を飛ばす。その後に冷やさなくてはいけないのが個人的に最も面倒な工程だ。冷めるまでの時間は、他の食器類を洗うことに費やした。

キッチンペーパーで表面を拭き取ってから、フライパンを棚に収納する。鉄器は正直手間がかかる。その分、使い続けていくうちに不思議と愛着が湧いてくる。

スマホを操作し、ＳＮＳのアプリを立ち上げた。料理についてわからないことは麻野に聞くのが一番だ。ＩＤを交換した際も「料理などで悩みがあったら気軽に聞いてください」と言われていた。実際にメッセージを送るのは、これが初めてだけれど。

しばらく悩んだ後、理恵は文章を打ち込んだ。

『きんぴらゴボウが真っ黒になってしまいました』

深呼吸をしてから、送信ボタンを押す。黒色のきんぴらゴボウの画像も送信すると、麻野からの返信はすぐに来た。

『もしかして、きんぴらを鉄のフライパンで調理しましたか？』

的確な指摘に驚く。きんぴらゴボウの色にフライパンが関係しているのだろうか。

『はい。鉄のフライパンを使いました』

しずくが休日だからか、次の返信も早かった。

『原因はそれですね。ゴボウやレンコン、ナスなどの食材はタンニンを含み、鉄と反応して色が黒くなります。申し訳ありません。最初に説明しておくべきでした。食べても問題はありませんよ』

疑問は一瞬で解決した。今回の場合は鉄器でゴボウを調理したことに加え、放置したことで色がより黒くなったようだ。

「あれ、ということは……」

今回の件と、潤子たちの話していた様々な要素が、頭の中で結びつく。もしかしたら基喜が結婚を延期した理由がわかったかもしれない。

でも本当に正解なのだろうか。理恵はスマホを手にしながら思い悩む。自分の言葉で潤子たちの関係性に変化が起きる懸念もある。それは決してよい方に向かうとは限らないのだ。その可能性を考えると、推測を伝えることが怖くなってきた。

脳裏に潤子の顔が浮かぶ。基喜のことを話すとき、心から幸せそうだった。でも結婚式の延期のことで思い悩み、本当に辛そうだった。

スマホを操作し、潤子へのメッセージを打ち込む。

『結婚式の延期の件で、気づいたことがあります』

本当なら推測が正しいか、事前に麻野に相談したかった。だけど説明するには、内緒にしてほしいと言われている事柄について話す必要があった。

返信はすぐに来ないだろう。理恵はキッチンに行き、土鍋をコンロの火にかけた。最初は強火で、沸騰したら弱火にする。しばらく待つと香ばしい匂いがしてくる。火を止めて十分ほど蒸らせば完成だ。

蒸らす間に雪平鍋を火にかける。冷蔵庫から味噌を取り出し、おたまですくって溶いた。そこでスマホが短い着信音を鳴らした。潤子からの返信だ。

『何でしょう？　ぜひ教えてください！』

理恵は考えを全て潤子に伝えた。理恵の推測に、潤子は納得したようだった。メッセージを打っている間に、ご飯は炊き上がっていた。一膳の半分だけ盛りつける。スープボウルに豚汁を盛りつけ、真っ黒なきんぴらゴボウも一緒にリビングに運ぶ。

ご飯は香りがよく、硬さもちょうどよかった。土鍋が余分な水分を吸い取るらしく、べたついた感じもない。香ばしいお焦げもアクセントになっていた。

次は豚汁だ。丸っこい白色のスープ皿に盛りつけると、可愛らしい雰囲気になる。口をつけると、麴《こうじ》の香りがふわっと鼻先に漂った。ごま油の風味が利いた汁に野菜と豚肉の旨みが溶け込んでいる。冷蔵庫の整理のために作ったにしては上出来だ。

黒くなったきんぴらゴボウは、普通の味と変わりなかった。ゴボウのシャキシャキとした歯応えと独特の苦みは、醬油と甘めの味つけがよく合う。

遅めの夕飯は全て、新しく買った調理道具で作った。揃えた道具は確かに以前よりも手入れに手間がかかる。だけどそれらで作る料理は、不思議とひとつひとつの作業が丁寧になる気がした。優れた道具、そして手間に見合った料理を作りたいと自然に思えてくるのだ。そしてできあがった料理は、普段より味がしっかりしている。

日常の細々とした事柄を、おろそかにせず生活を送ることは難しい。そのために相応しい第一歩は人によって様々だろう。理恵は調理道具の手入れをすることをきっかけに、背筋を伸ばす日々を送れるようになれればいいと思った。

潤子たちのことを考える。推理が正解か自信はなかったが、少しでも事態が好転するきっかけになればいい。箸を進めながら、理恵は心から祈るのだった。

4

しんと静かな朝だった。空気は乾燥していて、普段より澄んでいる気がした。理恵がスープ屋しずくのドアを開けると、からんとドアベルが鳴った。

「おはようございます、いらっしゃいませ」

店内は暖かく、麻野は今日も穏やかな微笑みで出迎えてくれる。麻野が包丁で野菜を刻む音が店内に心地良く響いている。理恵はコートを脱ぎ、カウンターの席に置いた。麻野が手を止め、理恵にいつもの柔らかな笑みを向けた。

「本日はゴボウの豆乳ポタージュになります」

「美味しそうですね。よろしくお願いします」

「かしこまりました」

麻野が包丁をまな板に置き、手を洗った。理恵はホットのルイボスティーと全粒《ぜんりゅう》粉《ふん》のパンを用意して席についた。麻野が平皿を理恵の目の前に置いた。

乳白色にゴボウの焦茶《こげちゃ》を溶かし込んだような色合いのポタージュだった。皿の白色がゴボウらしい色を強調させている。薄く切られたゴボウの素揚げがポタージュの表面にあしらってある。皿の縁《ふち》には金色の装飾が施されていた。

「いただきます」

理恵は木製のスプーンを手に取り、ポタージュをすくって口に入れる。

土の香りを強く感じる。癖のある味と感じる人もいるかもしれない。でもゴボウ特有の力強い持ち味が生きていた。豆乳の青臭さとぶつかるかと思ったが、ブイヨンのコクやジャガ芋の旨みがうまく橋渡しをして、互いを引き立て合っていた。

「美味しいです。ゴボウの味が鮮烈ですね」

「皮ごとポタージュにしたのですが、お口に合ったようで安心しました。ランチ時には風味を抑えめにするかもしれません」

朝営業に出るスープは、その日の日替わりスープの試作品という意味合いもあった。そのため朝と昼以降で味わいが異なることがあるのだ。

ポタージュに浮かんだゴボウの素揚げを口に運ぶ。サクッという歯応えで、ゴボウをストレートに味わえる。今日のスープはゴボウを丸ごといっぺんに楽しめた。

ブラックボードには今日も栄養成分の解説が書いてあった。以前麻野が説明していた食物繊維の他に、ゴボウはサポニンというポリフェノールを含んでいるらしい。サポニンは血中の悪玉コレステロールを分解する効果が期待できるという。ゴボウを食用とするのは日本だけで、海外では薬用のハーブや漢方薬として利用されているそうだ。

野菜を刻む作業が再開する。店内にリズミカルな音が響いた。理恵はホッとひと息つく。今日のスープ屋しずくにも穏やかで優しい空気が流れている。

ドアベルが鳴り、一人の女性が入ってきた。

「おはようございます、いらっしゃいませ」

「おはようございます」

姿を現したのは潤子だった。理恵の姿に気づき、カウンターに近づいてくる。来ることは知っていた。潤子が隣に腰かけ、理恵に深々と頭を下げる。

「色々と、ありがとうございました」

「いえ、そんな。私はお節介で関わっただけですから」

理恵の指摘した問題点は正解だったらしい。そこで潤子が理恵にお礼をしたいと言い、朝のスープ屋しずくで待ち合わせすることになったのだ。

　潤子が立ち上がり、コーヒーを注いできた。ミルクポーションと砂糖を一つずつ入れる。口をつけてから、潤子が小さくため息をついた。

　結婚の延期はやはり、三坂がゴボウを渡した行為が大きく関わっていた。

「また少しだけ、話を聞いてもらっていいですか？」

　潤子が遠慮がちに聞いてくる。理恵と麻野がうなずくと、潤子はカップに視線を落とし、ため息をついた。

「わたしは昔から、人の話を聞かないって注意されてきました」

　話したいことだけを喋り、相手の話を聞き流して適当な返事をしてしまうことなどを、周囲から指摘されてきたらしい。自分でもよくないと思っているが、結局直せないままでいるという。

「基喜と付き合う前、気を引きたい一心で、調理器具に興味のある振りをしました。実際に勉強もしたのですが、結局好きになれませんでした」

　潤子は三坂と付き合ってからも調理器具を好きな振りを続けた。でもやはり興味がなかった。そのため三坂の話を聞き流すことが増えてきたそうなのだ。

「基喜はそんなわたしの適当な対応に薄々勘づいていたようです。当然ですよね。

偽りの言葉なんて、どこかで必ず伝わってしまう」

疑念は少しずつ澱《おり》のように三坂の心の底に溜《た》まっていった。潤子は自分の話なんて本当は聞いていないのではないか。そんな思いは、潤子が結婚話を強引に進めることで形になっていった。自分の言葉が伝わらないまま、同じ時間を過ごすことになるのか。不信は三坂にある行動を取らせることになる。

「それで基喜は、わたしにゴボウ料理を作らせたんです。わたしは炊き込みご飯を作り、おにぎりにして渡しました。そのときもよかれと思って、鉄釜で炊いたと伝えたんです」

「でも炊き込みご飯のゴボウは、黒くなかったんですね」

潤子がうなずく。鉄とゴボウの組み合わせなら色が黒くなる。つまり潤子はゴボウの炊き込みご飯を炊飯器で作っていたのだ。調理器具に詳しい三坂なら、鉄釜の特性を知っていたはずだ。

「嘘をつかれたことが、三坂さんは不満だったのですね」

それが理恵の推理だった。しかし潤子が首を横に振り、理恵は戸惑う。てっきり小さな嘘に三坂が腹を立てたのだと思っていた。潤子が麻野に視線を向ける。

「もしかしたら、調理器具好きの麻野さんならわかるんじゃないですか？」

麻野はフォークを丁寧に拭きながら、表情を変えずに言った。

「ゴボウが鉄と反応して黒くなることについて、三坂さんは熊澤さんに説明していたのではないですか？」

「正解です」

麻野の指摘に、潤子はうなずいた。三坂は調理道具を愛好している。それなら事前に説明していたとしても不思議ではない。

「基喜は何度もわたしに教えてくれていた。でもわたしは全然憶《おぼ》えていなかった。大好きな人の話を、ちっとも聞いていなかったんです」

潤子の絞り出すような声には後悔がにじんでいた。

三坂の主張では、商店街を巡って一緒に買い物したときや、鉄釜を贈ったときなどに、何度もタンニンの反応で変色することを教えていたという。そしてそのたびに潤子は感心した素振りを見せていたそうなのだ。

だけど潤子は鉄釜でゴボウを調理したと言った。三坂は、今後も自分の話を聞き流され続けるかもしれないと不安になったそうだ。悩んだ結果、考える時間がほしくなり、出張を名目に結婚までの時間を先延ばしにしたのだ。

理恵の推理を聞いた潤子は、自分がいかに不誠実であったかに思い至った。その後に取った行動は、話し合いをすることだった。互いの気持ちを伝え合うこと、それ以外に解決する方法はないと考えたそうだ。

　恋人を試した三坂の行動も決して褒められたことではない。だが不信が根底にあったのだろう。それは麻野経由でゴボウを渡さなければ、潤子が意見に耳を貸さないと考えたことにも表れているように思えた。

「それで、三坂さんは何て？」

「おかげで、ちゃんと話し合えました。結婚の準備についても、二人の望みをあらためて相談する予定です。基喜が出張から帰ってきたら、巻き込んだことを麻野さんや理恵さんにも謝りたいと言っていました」

　潤子が幸せそうに目を細める。お互いに好きという気持ちを再確認できたのだろう。

　麻野が潤子の前にポタージュを用意する。話が一段落するのを待っていたようだ。

「わあ、ありがとうございます」

　ゴボウの香りが隣にいる理恵にも感じられた。潤子がスプーンですくってポタージュを口に入れる。すると表情がいっぺんに明るくなった。

「個性的な味で、癖になりますね。とっても美味しいです。今度レシピを教えてください。基喜にもぜひ食べさせたいです」

「ええ、喜んで」

潤子は笑顔で食べ続け、理恵より先に平らげた。会計を済ませ、帰っていく。その際、理恵の会計も済ませていった。お礼の気持ちらしく、素直に受け取ることにした。

入れ替わるように新たな客が入ってきた。何度か見たことがある年配の女性だった。お茶とパンを用意してからテーブル席に座る。麻野が説明をしてから本日のポタージュを用意していた。

理恵はパンをちぎって口に入れた。全粒粉のパンは複雑な味がする。香ばしさや酸味と同時に、苦みやえぐみなども感じられた。普段は雑味として取り除かれる味だが、自然が本来持つ滋味深さでもある。ゴボウのポタージュとの相性も抜群だった。

カウンターに戻ってきた麻野が、理恵に話しかけてきた。

「熊澤さんが笑顔になれて、本当によかったです。理恵さんのおかげですよ」

「もしそうなら、嬉しいです」

頬が熱くなる。この感情はきっと、麻野への憧れが根底にあるように思えた。麻野が謎を解き、誰かの心を解《ほぐ》す姿が好きだった。今回は偶然ヒントに遭遇できた。真相がわかったのは幸運だったのだろう。でも少しは麻野みたいに振る舞えただろうか。

麻野がフライパンに油を引き、刻んだ玉ねぎを炒めはじめる。甘い香りが店内に満ちる。麻野が使用するフライパンは、理恵が購入した鉄のフライパンと同じメーカーの商品のようだ。しかし理恵の自宅にあるものよりずっと、深い色をしている気がした。きっと日々の手入れの賜物《たまもの》によって、麻野だけの道具に育っていったのだろう。

鉄の調理器具は油断をすれば錆びてしまう。でも使い込むことで、理恵の手に最も馴染むように変化していく。

人間関係も似ているように思った。ほんの小さな気の緩みが、大きな失敗に繋がってしまう。だけど注意深く積み重ねることで、特別な関係性も育まれていく。潤子と三坂を想《おも》う。二人に必要だったのは、お互いを深く知ることだったのだ。

「何事もゆっくり時間をかけることが、大切なのかもしれませんね」

理恵の言葉に、麻野が微笑《びしょう》を浮かべる。そこでドアベルの音が鳴り、新たな客が入ってきた。それから続々と新規の客が来店して、麻野は対応に追われていた。

物事の多くは、ゆるやかに進めるべきなのだと思う。焦った上での性急な行動は、よくない結果を引き寄せてしまう危険性を高めるはずだ。

それなら麻野との距離も徐々に近づけたほうがよいのだろうか。でも今のままでは、何も変わらない気もする。

ゆっくり進むべきか、急ぐべきか。どちらが正しいのだろう。ゴボウのポタージュを口に運ぶと、甘みと一緒にゴボウのほろ苦さが舌の上に広がった。

第四話

窓から見えない庭

1

雪が降っていた。理恵は職場の窓から外をながめる。向かいのビルの窓ガラスは暗く、それを背景にして雪の白さが浮かび上がる。細かな雪がふわふわと空から落ちていった。

今日は土曜で、編集部内には誰もいない。理恵はマウスを操作してパソコンをシャットダウンする。理恵は午前中に出社した。休日出勤はなるべく控えるようにしているが、先方から記事の確認を今日中まで引っ張りたいと頼み込まれていたのだ。幸いにも仕事はスムーズに完了した。片付けを済ませ、ロングのダウンコートを羽織る。フロアの電気を消してから、エレベーターで一階に降りた。

裏口から外に出ると、空気は冷え切っていた。二月に入り、寒い日が続いている。時刻は一時をだいぶ過ぎている。午後の予定はない。せっかく会社近くに来たのだ。最初からランチの場所は決めていた。

折りたたみ傘を差し、歩道を進む。小さな傘は雪を防ぎきれず、綿のような雪がコートに降り注ぐ。

スープ屋しずくの店先が視界に入ると、理恵は自然と笑顔になった。土曜は朝こそ営業していないが、ランチは店を開けている。ＯＰＥＮのプレートの下げられたドアを押すと、ドアベルが鳴った。

「いらっしゃいませ」

出迎えてくれたのは慎哉《しんや》だった。軽妙なトークと端正で派手目の顔立ちから女性人気が高いが、人たらしな性格なので男性客ともすぐに仲良くなる。ソムリエ資格を持っていて、ディナータイムでは麻野の料理に合ったワインを勧めてくれる。

店内にはテーブル席に三人連れの客しかいなかった。オフィス街の中にあるため土曜の昼はいつも比較的ゆったりしているが、ラストオーダーの時間も近いからだろう。理恵はカウンター席に座る。コートを脱ぐと、慎哉がハンガーラックにかけてくれた。

「理恵さん、いらっしゃいませ」

「あっ。麻野さん。こんにちは。お邪魔してます」

店内奥から麻野が姿を現す。白のリネンシャツに茶のコットンパンツ、黒のエプロンという服装は慎哉とお揃《そろ》いだ。麻野は胸元にネームプレートがあるけれど、慎哉はつけていない。うっかりどこかに失《な》くしてしまったらしい。

「今日もお仕事ですか？」

麻野が心配そうに訊《たず》ねてくるので、理恵は笑顔を返した。

「予定外の出勤でしたけど、午前中で済ませました」

「いつもお疲れさまです」

麻野からのねぎらいの言葉だけで、疲れが吹き飛んでしまう。慎哉がおしぼりと水を理恵の前に置いた。

「今日はどうする？」

「そうですね。ポトフとAセットのサラダでお願いします」

スープ屋しずくのポトフは開店以来の人気ナンバーワンメニューになっている。厚生労働省が推奨する一日分の量の野菜が一皿で摂取できるのが売りだった。また、具材のキャベツには胃に良いとされるビタミンUが含まれている。慢性的に胃の調子の悪い理恵にはぴったりのスープなのだ。

ランチにはスープのほかに、いくつかのセットメニューが用意されている。つい先日、ランチセットの改訂が行われたばかりだ。

Aセットはパンとドリンクに加え、サラダか日替わり小鉢、デザートのどれか一つを選べる。Bセットはパンとドリンクだけの手軽な組み合わせになっていた。Cセットは A セットからパンを抜いたもので、ローカーボな食事を心がける人に好評だ。他にもサラダや小鉢、デザートが全部ついた贅沢感のあるSセットも用意されていた。

「かしこまりました」

麻野がカウンターの奥にある調理場に歩いていく。その背中を視線で追っていると、背後から慎哉に声をかけられた。

「暁《あきら》とデートしたらしいね。首尾はどうだった？」

「ええっ」

突然話を振られる。どこから広まったのだろう。

「いや、その。単に買い物に付き合ってもらっただけですから」

「えー、本当に？」

慎哉がにやにやしている。残念だけれど、慎哉が期待するようなことは何も起きていない。返事に困っていると、麻野がトレイを持って姿を現した。慎哉は素知らぬ顔で離れ、テーブル客のコップに水を注いでいた。

「お待たせしました」

麻野がカウンター席に料理一式を並べると、ブイヨンの香りが湯気と共に感じられた。白いフレンチボウルにキャベツ、人参《にんじん》、ジャガ芋、セロリが黄金《こがね》色のスープと一緒にたっぷり盛りつけられている。皿から野菜の香りがふわっと立ち上る。

「いただきます」

スプーンを手に取る。スープ屋しずくのポトフは角切りの牛肉が具材になっていた。くたくたに煮込まれていて、金属のスプーンの背で押すだけで簡単にほぐれた。

人参と牛肉をスープと一緒にいただく。人参は甘いだけでなく、根菜特有の土の香りもしっかり感じられる。牛肉はコクが楽しめながら、舌の上でほろほろと崩れた。キャベツは噛《か》むたびに吸い込んだスープが弾《はじ》ける。ジャガ芋はほくほくで、甘みが強かった。セロリの爽やかな香味が心地良い余韻を残してくれる。

黄金色のスープは野菜と肉の味、そしてハーブの香りが一つになっていた。互いが風味を高め合い、滋味深い味を生み出している。理恵は小さくため息をついた。

「定番メニューは最高ですね。やっぱりこの味だって、食べるたびに思います」

「ありがとうございます。お客さまに常にご満足いただけるよう、品質を保つことを心がけています」

いつ食べても同じ味というのは理恵が考える以上に大変なはずだ。素材の質も異なるだろうし、気温や水質も変化する。でもスープ屋しずくの定番メニューの味わいは食べるたびにいつも、実家に帰ってきたときのような安心感がある。きっと麻野の経験と技術、そして繊細な心配りによって生み出されているに違いない。

続いて理恵はサラダに取りかかった。小ぶりの木製サラダボウルにはたくさんの野菜が入っている。赤い葉野菜はトレビスで、淡い黄色の野菜はチコリだろう。他にもサラダほうれん草や茹《ゆ》でたカリフラワー、短冊切りの大根もあった。

フォークを使ってサラダを頬ばる。チコリはほのかな苦みがあり、トレビスはシャキシャキした歯触りだ。生のほうれん草は食感が柔らかで、癖のない味わいだ。カリフラワーは甘く、大根は瑞々《みずみず》しかった。

スープ屋しずくのサラダは季節によって内容が変わる。旬《しゅん》の野菜は味が濃く、食べるだけで栄養が詰まっていると実感できる。そこに亜麻仁油《あまにゆ》を使ったというさっぱりした特製ドレッシングがかかると、いくらでも食べられそうだった。

「今日はありがとう。また来てね」

「ありがとうございました。またのご来店をお待ちしております」

理恵が食事に夢中になっているうちに、三人組は食事を終えたようだ。慎哉が会計を済ませ、軽い調子で一行に手を振る。麻野も見送り、店内の客は理恵だけになる。

理恵はトーストされたバケットをかじる。表面がカリッとしていて、中はふんわりしている。噛むほどに口に小麦の味わいが広がった。

ゆっくり食事を楽しんでいると、麻野が声をかけてきた。

「ラストオーダーの時間ですが、追加のご注文はよろしいですか？」

「はい、大丈夫です」

「かしこまりました。ゆっくりとお食事をお楽しみください」

ドアベルの音が鳴り、出入口から冷たい空気が入ってきた。四十歳前後の女性が店内に足を踏み入れる。肩を手で払うと雪が床に落ちた。女性の背後でドアが閉まると、慎哉が近づいていった。

「申し訳ありません。もうラストオーダーの時間が過ぎてましまして」

「いえ、私は客じゃないんです」

女性は物珍しそうに店内を見回している。上はグレーの落ち着いたコートで、ベージュのロングスカートを合わせていた。肩くらいで揃えられた髪には白髪が交じっている。客でないのなら、どのような用件なのだろう。慎哉も麻野も不思議そうにしている。

「ここに父、……大坪六朗《おおつぼろくろう》が来店していたと思うのですが」

「ああ、六朗さんですか。父というと、娘さんですか？」

慎哉がすぐに反応する。理恵も名前に聞き覚えがあった。スープ屋しずくの常連客の一人で、ちょうど女性の父親くらいの年齢だったはずだ。

理恵は最近、その六朗を見かけていないことに思い当たる。質問をしておきながら、女性がなぜか意外そうな表情を浮かべる。そしてふたたび店内に視線を向けた。

「本当に、こちらのお店に来ていたのですね。実は、父は二週間ほど前に亡くなりまして……」

麻野と慎哉が驚きの表情を浮かべる。店内に沈黙が落ちる。麻野がカウンターの向こうで手を洗ってから、小走りで女性に近づいた。

「最近お見かけしないと思っていました。お悔やみ申し上げます」

麻野の声は沈んでいた。すると女性は、麻野と慎哉を交互に見てから口を開いた。

「父について知っていることを教えていただけないでしょうか。お願いします。父がこの土地で何をしていたのか、私にはまるでわからないのです」

時計は閉店時刻を差していた。女性の悲痛な表情に、麻野たちは困惑している様子だ。窓の外に目を遣《や》ると、道路にうっすらと雪が積もりはじめていた。

女性は久我若奈《くがわかな》と名乗った。遺品の財布や部屋にあったゴミ箱に、スープ屋しずくのレシートが複数枚入っていたことから店を訪れたそうだ。

六朗の実家があり、若奈が現在暮らしている土地までは新幹線で一時間半の距離だという。六朗の享年は七十一歳だった。

若奈は店内にある四人席に腰を掛けた。正面に麻野が座り、隣に理恵も同席した。六朗と面識があると話したところ、理恵も若奈に同席を頼まれたのだ。慎哉は話に耳を傾けながら閉店作業を進めていた。出入口のプレートはすでにCLOSEDにしてある。露《つゆ》は今日、友達と遊びに出かけているようだ。麻野は若奈の前にコーヒーを置き、理恵と自分用にはルイボスティーを用意した。

「私は嫁いで、実家から車で四十分の町で暮らしています。実家には長らく私の両親だけで住んでいましたが、三年前に母が重い病にかかりました」

若奈の母親はガンだった。入院を余儀なくされたが、折悪《あ》しく若奈の息子の病気や夫の出張などが重なった。若奈は家庭のことに追われ、母親の看病は主に六朗が担った。若奈は申し訳なく思っていたそうだが、六朗は充分に病床の妻の世話をし、さらに若奈にも気遣いの言葉をかけていたという。

「父は優しい心の持ち主でした。周囲に気を配り、困った人にはそっと手を差し伸べるのです」

そう語る若奈の口元がほころんでいた。それを見ながら理恵は、ある日のランチタイムのことを思い出す。

いつも以上に繁盛していた日だった。さらに客層のせいか店内はとてもにぎやかだった。そんな折に六朗が慎哉に声をかけた。慎哉がすぐに反応して近づいてくると、六朗は隣の席に手のひらを向けた。

「こちらのお嬢さんが、用事があるみたいですよ」

小柄な女性が恐縮した風に背中を丸めていた。推測だが、その女性は何度も慎哉を呼んでいたようだ。だがすぐ隣の席には声の大きな集団がいた。

女性の声は小さく、通りにくかったのだろう。理恵は六朗の斜向《はす》かいの席にいたが、全く耳に入らなかった。忙しさも相まって慎哉も気づかなかったのだと思われた。麻野も調理のため奥に引っ込んでいた。慎哉は女性に謝りながら追加オーダーを取っていた。

六朗の振る舞いはさりげなく、慣れた印象だった。六朗にとって普段通りの行いだったのだろう。その出来事を伝えると、若奈は「父らしいです」と笑みを浮かべた。

若奈はコーヒーカップに口をつける。クリームが多めに入れられ、コーヒー牛乳のような色になっていた。小さくため息をついてから、若奈は六朗について話しはじめる。若奈の表情はすぐに沈んだものに変わった。

「母は入院から半年ほどで息を引き取りました。父は広い実家で一人暮らしになりました。そして葬儀から一ヶ月程して、父はふらっと姿を消したのです」

行方《ゆくえ》がわからず、若奈は失踪届の提出を考えた。しかし二週間後に電話での連絡が来た。ただし近況報告のみで、どこで何をしているかは一切話さなかった。生存がわかれば失踪届は受理されない。六朗はその後も月に一度の頻度で連絡をしてきた。

六朗が姿を消した理由が、若奈には全くわからなかった。

そんな生活が三年続いた。そして二週間前、警察から電話があった。六朗が路上で倒れ、病院に搬送されたというのだ。医師が診断した時点で息はなかった。死因は心筋梗塞《しんきんこうそく》だったそうだ。

連絡を受け、若奈は遺体を引き取った。財布の保険証から六朗の現在の住まいも判明した。そして葬儀が済んだ後、父親の三年間が知りたくなったという。

慎哉がカップをテーブルに置き、若奈の隣の席に座る。閉店作業が一段落したらしい。カップの中身はブラックコーヒーだった。

「六朗じいさん、家族がいたんだな。てっきり独り身かと思っていたよ」

「私たちのことは、話していなかったんですね」

小さくため息をつき、若奈が店内を見渡す。それから暗い顔でつぶやいた。

「あの、父は本当にこの店の常連客だったのですよね」

理恵は来店してからの若奈の態度が気になっていた。スープ屋しずくに六朗が来ることを意外に思っているように感じられた。若奈の質問に麻野が答える。

「週に三、四回、朝昼晩と時間を問わず気ままに来店してくださいました」

「朝も営業しているのですか。珍しいですね」

「大坪さんは特に朝の時間に顔を出してくださいましたよ」

そこで慎哉が軽く手を叩いた。

「六朗じいさんって、園子《そのこ》さんと仲良くなかったっけ」

「たしかにそうですね」

理恵も同意する。六朗は常連客の一人である木谷《きたに》園子とよくお喋《しゃべ》りをしていた。

慎哉が店の奥に消えてから、スマートフォンを手に戻ってきた。ルイボスティーに口をつけると、気づかないうちにぬるくなっていた。

「最近見ないって心配してたから、園子さんも六朗じいさんが亡くなっていることを知らないはずだ。連絡したほうがいいだろう」

慎哉は園子の連絡先を知っているらしい。電話をかけるとすぐに出たようだ。少しの会話の後、園子はスープ屋しずくに来ることになった。若奈は一連の様子を探るような目つきで見守っていた。

2

ドアを開けた園子は息を切らしていた。靴は雪でまみれ、ロングスカートの裾は濡れていた。入り口付近で立ち尽くし、慎哉や麻野に向けて頭を下げる。

「教えていただきありがとうございます。……大坪さん、亡くなられていたのですね」

園子は辛《つら》そうに顔を伏せる。ハンドバッグからハンカチを取り出し、目元に当てた。園子は綺麗な白髪頭をしていて、手には深い皺《しわ》が刻まれている。年齢は六朗の少し下の六十代半ばくらいだったはずだ。

麻野が園子をテーブル席にうながし、若奈が六朗の娘であると説明する。

「心よりお悔やみ申し上げます」

園子が深々と頭を下げる。園子は近所に住んでいて、六朗と同様にスープ屋しずくの常連だった。理恵とも何度も顔を合わせている。夫に先立たれ、古びた分譲マンションの一室で一人暮らしをしているという。

「はじめまして。久我若奈と申します。父と親しくされていたとお聞きしました。生前は大変お世話になりました」

若奈の挨拶に、園子は困ったように顔を傾けた。

「いえ、そんな。お互いに一人暮らしで家も近かったため、店や近所でお会いしたときなどに、話し相手になっていただいた程度です」

慎哉が席を立ち、園子の着ていたベージュの品の良いコートを受け取る。麻野が席の配置を変え、テーブルを六人掛けにする。麻野がうながし、園子が席に座る。

園子はひと息ついてから、若奈を見て目を細める。

「こんな立派な娘さんがいらっしゃったのですね。目元がお父さまにそっくりです。それに私と同じく配偶者に先立たれていたなんて、ちっとも存じ上げませんでした。

もっとお話をしておくべきでした」

若奈は顔をうつむけてから、園子に頭を下げた。

「突然の申し出で申し訳ありません。父がどのような日々を送っていたのか、父が日常的にどういった場所に立ち寄っていたのかなど、知る限りのことをお教えいただけないでしょうか」

「私もそう詳しくはありませんが、それでも構わなければ……」

「ありがとうございます！」

窓の外を見ると雪は小降りになっていた。園子がいくつか場所を挙げ、若奈がメモを取ろうとしていた。若奈は電子機器の扱いが苦手で、スマートフォンの地図機能で目的地を調べることなどが苦手なようだった。それは園子も同様らしい。

「よろしければご案内しますよ」

「いいのですか？」

若奈が驚いたように園子を見る。道案内がないと、土地勘のない若奈が一人で目的地にたどり着くのは大変だろう。そこで理恵は小さく手を挙げた。

「せっかくなので私も同行していいですか？」

園子も常連なので何度も顔を合わせたことがある。理恵の印象だが、それほど積極的に会話に参加するほうではなかった。知人の娘とはいえ、初対面の相手と二人きりで話を続けるのは大変だろう。園子が安堵《あんど》の表情を浮かべた気がした。

「ありがとうございます。お願いしてもよろしいかしら」

「私も六朗さんについて、久我さんからお話をお聞きしたいですから」

理恵の本音でもあった。六朗と特別に親しかったわけではない。だが朝営業で何度も顔を合わせていると、不思議と同志みたいな感覚が芽生えてくる。その六朗と二度と会えないのはさびしいことだ。

それに理恵もなぜ六朗が実家から姿を消したのかが気になっていた。理由を知りたいと願う若奈の力に少しでもなれればいい。理恵はそう考えていた。もう一度窓の外を見ると雪が止《や》んでいて、雲間から光が差し込んでいた。

店を出た後、園子が向かった先はスープ屋しずくから歩いて十分くらいの場所にある図書館だった。建物は古びていて、壁に雨がたれたような跡がついている。薄く降り積もっていた雪は、日なたではほとんど溶けかけていた。

「大坪さんはスープ屋しずくで朝食を摂った後、よくこちらに訪れていました」

説明した後、園子は図書館に入った。室内は暖房が効いていた。休日の図書館は席でノートを広げた学生や、六朗と同世代くらいの老人の姿が目立った。

若奈が館内を見渡して言った。

「財布に図書館のカードがありました」

「気になった本を借りて読んでいたようです。私の知る限りでは、社会学系の新書を好んで手に取っていたようですね」

「新書……」

若奈が小さくつぶやいた。園子が図書館の一角にある新書コーナーに足を運ぶ。若奈は首を左右に動かし、ある方角に視線を定めた。その先には小説コーナーがあった。国内の作家が五十音順に並んでいる。

「時代小説は読んでいませんでしたか？」

若奈の質問に、園子が首を傾《かし》げた。

「小説を読んでいるところは見たことがありませんが……」

理恵もうなずく。六朗はスープ屋しずくの店内で席に余裕がある場合に読書をしていたが、基本的に新書を開いていたはずだった。

「そうですか」

若奈が目を伏せた。図書館を出ると、近所のレンタルビデオ店に向かった。六朗は図書館かレンタルビデオ店で映画のＤＶＤを借りて鑑賞していたらしい。

「大坪さんは映画がお好きだったのですか？」

理恵が訊ねると、若奈は首を横に振った。

「わかりません。ただ、母が映画に興味がなくて、家族で鑑賞をしたことは一度もありません」

全国チェーンで店内の景色は同じだろうと、若奈たちはレンタルビデオ店には立ち寄らなかった。後は近所のスーパーマーケットで、園子が知る六朗が頻繁に立ち寄っていた場所は最後だった。

「貯金や年金を使い、倹約しながら生活を送られていたようです。贅沢をしているご様子はありませんでした」

スーパーマーケットで購入した食材で自炊し、気が向いたらスープ屋しずくで外食をする。図書館やレンタルビデオ店を巡り、読書や映画鑑賞に勤《いそ》しむ。それが園子の知る限りの六朗の生活だったようだ。

スーパーマーケットまでの道のりを歩く。日陰を雪が白く覆っている。スープ屋しずくのある付近はオフィス街で建物はビルばかりだ。しかし少し歩くだけで景色が変わる。公園や街路樹などの緑が増え、神社仏閣が残っていた。民家やビルなども古く、歴史を感じさせる。それらの建物は狭い区画に隙間《すきま》なく建てられていた。

六朗が通っていたらしいスーパーマーケットはビルの一階にあった。都内を中心に展開するチェーン店で必要最小限の品物が揃えられている。野菜売り場には産地直送品のコーナーもあった。

店内を一巡してから、若奈は外に出る。向かいには高層マンションがあった。外観からはどういった人が暮らしているか、うかがい知ることは難しかった。

「田舎とここは、景色が全く違いますね。実家の周辺は田畑と民家ばかりでした」

若奈の声色にはどこか険《けん》があった。目を細め、六朗について話しはじめる。


六朗は農家の六番目の子供として生を受けた。家業は長男が継ぎ、公立高校を卒業した後は地元にある農業機具の販売メーカーに就職した。経理を担当し、二十五歳のときに同じ市内に住む奈津恵《なつえ》と結婚した。

三十歳のときに若奈が誕生し、翌年に念願だったマイホームを購入した。経理畑を長年歩み、夫婦で慎ましい生活を営んだ。節約を旨《むね》として、娯楽にはあまり金を費やさなかったそうだ。

「家族旅行も車で県内の名所を見て回るくらいでした。東京にも父は研修などで何度か訪れたことがあったみたいですが、母は一度も来たことがなかったようです」

一人娘である若奈は二十代半ばで結婚して家を出た。その後も両親との仲は良好だったそうだ。若奈の夫や相手家族との軋轢《あつれき》などはなかったという。程なくして孫も生まれ、実家のローンも定年前に完済した。

定年後にアルバイト程度の仕事をしたが、六十五歳になって全て辞めた。夫婦でのんびりと暮らしはじめた矢先に、奈津恵の病が発覚する。そして妻を看取った直後に六朗は忽然《こつぜん》と姿を消すことになる。

「父が消えた後、家には全てが残されていました」

向かいの住民が、六朗が自宅を去った日の姿を目撃していた。着古したスーツ姿で、バッグなども所持していなかったという。身軽な格好だったため、遠出をするようにはとても見えなかったそうだ。

「父は電話で、家のものは全て自由にしていいと言いました。父の定年記念に母が贈った財布も結婚指輪も、全て家にあったのに」

道路脇に水溜まりがあった。雪が土に混じり、中途半端に溶けている。園子は眉《み》間《けん》に皺を寄せながら、茶色く濁った水を見つめていた。

理恵たちは六朗の暮らしていたアパートに到着した。二階建ての古い建物だ。階段は塗装が剝《は》げかけ、錆《さび》が浮いている。二階の角部屋が六朗の部屋だった。理恵たちも上がることになり、若奈が鍵《かぎ》を開けた。

「お邪魔します」

靴を脱いで上がり込む。古びた外観とは裏腹に室内はフローリングだった。六畳程度のワンルームにはテレビや簞笥《たんす》など、最低限の家具や家電しか置いていない。

理恵たちは小さなテーブルを囲んで腰を下ろす。散策は距離があり、疲労を覚えた。エアコンのスイッチを入れると、暖風が部屋に吹いた。

「この部屋も実家と違います。あちらは畳の和室ばかりで、暖房器具は灯油ストーブでしたから」

若奈の声にはまだ険しさがあった。その意味が理恵にはつかめない。刺々《とげとげ》しい空気を感じ取ったのか園子が立ち上がり、明るい声で言った。

「お茶でも淹《い》れましょうか。ガスはまだ通っていますよね。若奈さんも慣れない町歩きで疲れたでしょう。休んでいてください」

園子が台所に行き、シンク下にあったヤカンを火にかけた。ティーポットやカップを戸棚から、茶葉が入ったらしき紙の箱をキッチンの上の置き場所から取り出す。

手際の良さに理恵は手伝いを申し出る機会を逸してしまう。

すぐに湯が沸き、園子が盆にのせたティーカップ三つとティーポットを運んできた。注がれたのは紅茶だった。テーブルに並んだカップに若奈がため息をつく。

「紅茶なんて用意していたのですね。家では母が好きな緑茶だったのに」

空気が重くなるのを感じる。若奈は六朗のアパートでの生活と実家での暮らしぶりを較《くら》べているようだ。そしてその違いに不満を感じている。

若奈が無言で立ち上がり、窓に向かった。

「空気が籠《こ》もっていますね。換気をしましょう」

部屋の西側に窓があった。若奈が手をかけるが、建て付けがわるいのか苦戦している。

「手伝います」

理恵も手を貸すことにした。近づいて窓枠を見ると、埃《ほこり》が溜まっていた。二週間程度では決して堆積しない厚さだ。協力して力を込めると窓は開いた。部屋に冷たい空気が入り込む。

「あ……」

若奈が窓の外を見て固まっている。理恵も顔を向けると、窓の先に隣家の庭が一望できた。たくさんの草木が植えられ、鉢植えが並んでいた。冬なのにたくさんの葉が茂り、花も咲いている。丁寧に手入れされていることが遠目からも伝わった。

「綺麗《きれい》な庭ですね」

「母もガーデニングが趣味で、生前はこんな風に庭で草木を育てていました」

隣家の庭に目を奪われながら、若奈は母の奈津恵について話しはじめた。

若奈にとって奈津恵は理想的な母親だった。家事が得意で、特に料理好きだったそうだ。贅沢な食材は使わず、安い素材を工夫して美味《おい》しい食事を用意していたらしい。そのために奈津恵は図書館で頻繁に料理の本を借りては研究していたという。

「父は好き嫌いもなく、母の料理が毎日楽しみだと話していました。私も母の真似ができればいいのですが、がんばっても再現できないものばかりです」

そんな奈津恵に六朗は家のことを任せっきりだった。洋服も奈津恵が全て見繕い、自分ではパジャマひとつ選べなかったそうだ。

「母は笑みを絶やさず、滅多に怒ることもありませんでした。ですが一点だけ、母には許せないことがありました」

きっかけは奈津恵の少女時代に遡《さかのぼ》る。奈津恵は学生時代、一番の親友を自殺で亡くしていた。その出来事を長年気にし続けていたのだ。

そのためニュース番組で自殺の報道が流れると奈津恵は血相を変え、六朗や若奈に自ら命を絶つことだけはしていけないと繰り返した。それは自殺によって家族や親類、友人などが受ける衝撃や変化を目の当たりにした上での言葉だったそうだ。

「精一杯生きようね」

奈津恵は明るく語り、ガーデニングや料理に熱中しながら、生きることを全力で楽しんでいた。病床でも六朗に「私の分も長く人生を楽しんでね」と話していたそうだ。

その言葉を受け、六朗が奈津恵の死後にどう暮らしたのか。若奈は知ることができなかった。だからこそ若奈は、父親が精一杯生きたのか調べているのかもしれない。

話を終えた時点で部屋は冷え切っていた。窓を閉め、席に戻る。エアコンの音が大きくなる。冷めかけた紅茶を飲むと、少しだけ身体《からだ》が温まった。

「本当に些細《ささい》なことですが、一点だけ思い出したことがありました」

前置きしてから、園子は六朗との思い出を語りはじめた。

それはスープ屋しずくの近所にある公園での出来事だった。園子が散歩していたとき、ベンチに座る六朗を見かけた。

しずくの平日のランチタイムは混雑するため席に座れないこともある。そのためスープの持ち帰りも可能なのだ。理恵も昼休みによく利用している。六朗はベンチに腰かけ、スープの入った容器を手にしていた。だが食事を進めようとしない。声をかけると六朗は、はっとした表情を浮かべた。

園子が隣に腰かける。すると六朗が園子に容器を差し出した。

「食いかけですまないが、引き取ってもらえないか。捨てるのは忍びない」

「お嫌いなものでも入っていましたか？」

容器はスープで満たされていた。おそらくほとんど手をつけていないはずだ。園子の問いに、六朗は肯定とも否定ともつかない曖昧な表情を浮かべる。

「そんなところかな。私には飲めそうにないが、しずくらしい味だよ」

園子が受け取ると、六朗は公園から去っていった。

「父に好き嫌いはないはずです」

園子の話を受け、若奈が断言した。若奈はスープの中身を訊ねる。しかし半年近く前の出来事だったため記憶はあやふやだった。園子は何とか思い出してみると言い、理恵たちは解散することにした。連絡先を交換し合い、若奈を最寄り駅まで見送る。近くのビジネスホテルに宿泊しているという。

「お父さんは、お母さんのことを忘れたかったのかな……」

駅に向かう途中、若奈がつぶやいた。それは理恵だけが聞き取り、園子の耳には届いていないようだった。

園子に別れを告げ、理恵は自宅に帰るのにちょうどいい路線の駅まで歩いていった。見知らぬ町を眺めながら、六朗について考える。

なぜ六朗は何も告げず、故郷を離れたのだろう。詮索《せんさく》すべきか理恵の胸中に迷いが生じていた。目的地である地下鉄駅の看板が、大きな道路の向かい側に見えた。歩行者用信号は青色だが、目の前で点滅をはじめた。理恵は小走りになり、急いで道路を横断した。

3

週明けの月曜朝、理恵はスープ屋しずくのドアを開けた。二月の早朝はまだ薄暗く、空気は冷えている。暖かい室内に足を踏み入れ、ほっと息をつく。するとすでに伊予がいて、理恵に小さく手を振った。

「おはようっす」

「おはよう、長谷部さん。今日は早いわね」

「早く目が覚めちゃいまして。でも今ごろ眠くなってきました」

伊予があくびをする。テーブルには本日の日替わりスープが用意してあった。理恵はコートを脱いでから伊予の向かいのテーブル席に腰を下ろした。

「理恵さん、おはようございます」

「おはようございます」

出迎えてくれた麻野に挨拶を返す。ブラックボードには本日の日替わりスープとして、水菜と豚肉のみぞれ小鍋と書いてある。

「今日は和風なんですね。よろしくお願いします」

「かしこまりました」

店内には鰹《かつお》と昆布の和出汁《だし》の香りが漂っていた。麻野が奥の厨房《ちゅうぼう》へ消える。伊予は鍋をおかずにご飯を満足そうに食べ進めている。理恵もカウンター脇に用意された炊飯器から、ほかほかの白ご飯をよそった。

ブラックボードにあった水菜の栄養素についての情報を読む。水菜はβ《ベータ》カロテンやビタミンB、C、Eなどを豊富に含んでいるとされている。ポリフェノールを多く含み、生活習慣病や老化を抑制する効果が期待できるという。また、アブラナ科の野菜に特有の、カリウムやカルシウム、鉄分などのミネラルも含有しており、バランスよく栄養を摂取できる優れた食材なのだそうだ。

麻野がトレイを運んでくる。テーブルに鍋敷きを置き、小さな土鍋を置いてくれた。

「お熱いのでご注意ください」

麻野がそう言い、鍋摑《なべつか》みを装着して手でふたを開ける。

「わっ」

湯気と一緒に出汁の香りが広がった。小鍋は直前まで火にかけられていたようで、ぐつぐつと煮立っている。黄金色の出汁にはたっぷりの水菜が入っていた。他には豚ロース肉の薄切りと豆腐、えのきも加えられている。

トレイには他にも小鉢があって、たっぷりの大根おろしが入っていた。

「こちら、かけてもよろしいですか？」

「お願いします」

麻野が熱々の鍋の上に大根おろしをのせると、まるで雪のようだった。出汁に溶けていくさまは名前の通り、みぞれを想起させた。

「いただきます」

レンゲを手に取り、まずは出汁からいただく。すくって口に近づけると、上品な香りが食欲を刺激する。口をつけると、鰹節と昆布の旨みと、大根おろしのピリッとした辛みが舌に広がった。

「……幸せ」

スープ屋しずくはフレンチを基本にしている。しかし麻野が引いた和の出汁は上質な旨みだけが抽出されていた。鰹と昆布を土台に、豚肉や豆腐、水菜などの出汁が重なり合っている。さらに淡雪のように溶け込んだ大根おろしの風味が、さっぱりとした飲み口にしてくれていた。

いつまでも出汁を飲み続けていたいが、続いて具材に取りかかる。箸《はし》に持ち替え、まずは水菜をいただく。しゃきしゃきとした食感の水菜は癖がなく、上品な出汁との相性は抜群だ。豚肉は脂身の少ないロース肉で、軽やかな味だった。

絹ごし豆腐は大豆の味が濃く、ふるふるとした食感がたまらない。舌が火傷《やけど》しそうなくらい熱く、寒い冬に身体を芯《しん》から温めてくれる。えのきには大根おろしが絡み、さくっとした独特の食感が楽しめた。

「やっぱり日本人は出汁ですよねぇ」

伊予が幸せそうに食事を進めている。そこでカウンター奥の引き戸が開き、隙間から小柄な女の子が顔を出す。店内を観察してから、露が姿を現した。

「おはようございます」

露の挨拶に、一同が挨拶を返す。露はカウンターを回り込んでから、理恵の隣の席に座った。麻野が露の分の朝食を用意する。熱々の小鍋に露が目を輝かせる。

「やっぱり和食だったんだね。二階にもお出汁の香りが届いてたよ」

「熱いから気をつけるようにね」

「うん、いただきます」

露が箸とレンゲを手に取る。箸を使ってレンゲの上に、水菜と豚肉、出汁を盛りつける。レンゲの上にさらに小さな鍋ができた。露は何度も息を吹きかけてから、一気にレンゲの中身を口に入れた。

「は、はふい」

たくさん冷ましても、まだ熱かったのだろう。露が一生懸命口を動かしているのを、麻野が心配そうに見守っている。それから一気に飲み込んで、大きく息をついた。

「火傷するかと思った……。でもすごく美味しい！」

「それはよかった」

露が満面の笑みを浮かべると、麻野も同じくらい幸せそうな顔になる。そんな二人のやりとりが理恵は心から好きだった。

三人で食べ進めていると、伊予がふいに口を開いた。

「そういえば六朗さん、亡くなっていたんですね。娘さんがお店にいらしたとか」

「……うん、そうなんだ」

どこかから噂《うわさ》を聞きつけたのだろう。伊予も六朗とは何度も顔を合わせている。社交的な性格なだけあって、伊予は理恵よりも多く六朗と会話を交わしていたように思う。理恵は伊予に、土曜に園子と若奈の三人で町を散策したことを伝えた。

「園子さん、六朗さんと仲が良かったですからねえ。どんな感じでした？」

理恵は食事を進めながら、一昨日のことを伝えた。話を聞き終えると伊予が訝《いぶか》しげに首を傾げた。

「軽く話を聞いただけでの印象ですけど、本当に奥さんや娘さんとの仲は良好だったんですかね」

「どうして？」

「家を出た理由って、家族と縁を切るためなんじゃないですか？」

「……やっぱりそうかな」

理恵も伊予と同じ感想を抱いていた。六朗は一切を置いて新天地での暮らしをはじめた。その行為が過去を断ち切るためだと理恵には思えたのだ。若奈もそれを察したのか、六朗への反発心を滲《にじ》ませているように感じられた。

伊予は茶碗を手に、炊飯器に向かった。ご飯をお代わりした後、露に話しかけた。

「露ちゃんって、六朗さんとはあんまり話さなかったよね」

朝営業に六朗が訪れた際、露は店内にいなかった気がした。後から六朗が来たときも手早く食事を済ませて、スープ屋しずくの二階にある自宅スペースに戻っていた。伊予の問いに、露は躊躇《ためら》いがちにうなずいた。伊予が質問を重ねる。

「六朗さんのこと苦手だったの？」

「そういうわけじゃないですけど」

露が箸を置き、眉根に皺を寄せた。

「あのおじいさんが、すごく悲しそうだったから。理由はわからないですけど。そばにいると胸が苦しくなって、我慢できなかったんです」

露は他人の気持ちに敏感だ。特に悲しみに強く反応する。しかしその理由について言語化することは不得手で、露自身も説明ができない。その露が一緒にいることを避けるほどの感情を六朗は抱えていたらしい。

「麻野さんには心当たりはありますか？」

理恵は麻野に声をかけた。麻野はスープの味見をしている。スプーンで鍋の中身をすくってから吸い込んだ。小さくうなずいてからスプーンを水洗いし、手元に置いた。

「僕も大坪さんとはあまりお話をしませんでした。ですが昨日、慎哉くんが一度だけ飲みに行ったことがあると話していました」

慎哉は町で六朗と偶然出会い、飲みに誘ったことがあるらしい。世間話で盛り上がる中、慎哉は六朗に現在の暮らしぶりについて訊ねたそうだ。

「大坪さんは慎哉くんに『約束があるから、今の生活をするしかない』と答えたそうです。その様子が深刻そうで、慎哉くんはそれ以上話を掘り下げなかったようです」

約束とは何のことだろう。疑問に思っていると、麻野が理恵に顔を向けた。

「よろしければ慎哉くんからの話を、久我さんにお伝えいただけますか？」

「わかりました」

理恵がうなずくと、麻野は笑みを浮かべる。

「ありがとうございます。きっとそれで久我さんには伝わると思います」

「えっ？」

理恵には麻野の笑みが、寂しさを湛《たた》えているように感じられた。

「麻野さん、何かわかったんですか？」

伊予が訊ねるけれど、麻野は微笑を浮かべたまま答えない。そして厨房の奥に引っ込んでしまった。理恵と伊予は顔を見合わせる。追及することもできず、理恵たちは食事を再開した。鍋は程よく冷めている。レンゲを使ってスープの最後の一滴まで平らげた。

会計のときの麻野は普段通りの態度だった。でも質問を許さないような雰囲気を感じた。麻野と露に別れを告げ、理恵と伊予は店を出る。寒さは変わらずに続いていて、吐いた息が白く染まった。

昼休み、理恵は若奈にメールを送信した。返事は夕方に届いた。数日後、六朗のアパートの片付けのために再び上京する予定らしい。メールの文面には、六朗が好きだったスープ屋しずくの朝営業にぜひ訪れたいと記されていた。

早朝六時半に地下鉄の改札前で待っていると、若奈が姿を現した。昨晩から近隣のビジネスホテルに宿泊しているらしい。連れだってスープ屋しずくに向かう。ドアを開けると、園子はすでに先に来ていた。席につくと、麻野が近づいてきた。

「おはようございます、いらっしゃいませ。本日の日替わりメニューはしんとり菜のミルクシチューになります」

「しんとり菜、ですか？」

聞き慣れない名前だ。理恵が訊ねると、麻野は答えを返してくれた。

「しっかりした歯触りが人気の江戸野菜です。一時期は中華料理の高級食材として愛されていましたが、青梗菜《チンゲンサイ》の普及や宅地化の影響で出荷数が激減しました。しかし最近また人気が再燃し、出荷量が増えてきたようです」

「東京でも野菜を作っているのですね」

「練馬《ねりま》大根《だいこん》などが有名ですが、実は東京における野菜の生産量は少なくないのですよ」

「それは知りませんでした」

若奈が驚いている。若奈が上京することは麻野に伝えてあった。地方から来た人に地の食材を食べてもらうという麻野なりの厚意なのかもしれない。

理恵はブラックボードに目を遣る。しんとり菜は別名ちりめん白菜ともいうらしい。栄養素は白菜に近く、ガン予防が期待されるグルコシノレート、骨の形成を助けるとされるビタミンKなどが含まれているようだ。

三人分の朝食をお願いすると、麻野が一礼してから厨房に消えていった。理恵の説明に従い、各自のドリンクとパンを用意する。席に戻るのと同時に、麻野が人数分のシチューを用意してくれた。

「しんとり菜のミルクシチューです。ごゆっくりお召し上がりください」

木の色合いが活《い》きた大きめの椀にシチューがたっぷりと盛られ、しんなりとした緑色の野菜が入っている。これがしんとり菜なのだろう。見た目は青梗菜に近い気がしたが、色合いは少しだけ淡かった。他の具材は薄切りのマッシュルーム、玉ねぎ、そしてベーコンのようだ。

「いただきます」

お椀を持つと、フレッシュなミルクとブイヨンの香りが鼻孔に飛び込んでくる。木の匙《さじ》ですくい、野菜と一緒に口に入れる。しんとり菜の芯の部分は歯触りがしゃきしゃきで、緑の葉の部分は柔らかく口の中でとろけた。味わいは癖がなく食べやすい。

ミルクはさわやかな味わいで、ブイヨンやベーコンのコクと相まって味に奥行きがあった。歯切れのよいマッシュルームやとろとろの玉ねぎも旨みを主張している。

理恵は同席していた人たちの表情をうかがう。園子も若奈も満足しているようだった。しかし食べ進めながら、徐々に若奈の表情が翳《かげ》っていった。

「こちらのお店はやはり、洋食が多いのですよね」

「そうですね。たまに和食や中華なども出ますが、基本的には西洋料理がメインです」

理恵が答えると、若奈が匙を持つ手を止めた。

「父も母も和食が好きで、外食でもあまり洋食が出るお店を選びませんでした。それなのに父は、こちらの常連だったのですね」

若奈の言葉にはやはり刺がある。麻野が包丁で野菜を刻む音がしている。理恵たちは黙々と木匙を持つ手を動かした。

ほとんど食べ終えたところで、空気を変えるように園子が明るく言った。

「そうだ。思い出したことがあるんです。前にお話しした六朗さんから頂戴したスープはけんちん汁だったの」

園子はスープの味についてずっと考えていたらしい。そして昨日、自宅で昼食を作って食べた。その瞬間にふと思い出したという。

「不思議よね。昨日のお昼はミネストローネだったのだけど、ふと頭に浮かんだの」

若奈の表情は晴れない。それどころか、さらに表情が厳しくなった。若奈が突き刺すような声色で園子に言った。

「けんちん汁は両親の好物です。残すなんて考えられません」

若奈は匙から手を離す。それから椅子に座り直し、園子に身体を向ける。背筋を伸ばし、真っ直《す》ぐに園子を見据えていた。緊迫した空気に理恵は息を呑《の》む。若奈が口を開いた。

「色々とご協力いただき、園子さんには感謝しています。ですが私に嘘《うそ》をついていますね。あなたは父と深い仲だったのではありませんか？」

4

突然の指摘に園子が表情を強張《こわば》らせる。沈黙が流れる中、フライパンで何かを炒《いた》める音だけが店内に響いている。理恵が何かを喋ろうとすると、先に若奈が説明をはじめた。それは以前、理恵と若奈、園子の三人で六朗のアパートを訪れたときのことだった。

「園子さんは父の部屋でお茶を淹れましたよね。他人の家で図々しいなと思いながら、あなたの振る舞いを背後から観察していました。あのとき園子さんは迷いなく戸棚にある紅茶の入った缶に手を伸ばしました。でもあそこには他にも缶があったのです」

それは飴《あめ》の入った金属の缶だったという。戸棚には紅茶の入った缶と飴の入った缶が並んでいたそうだ。そして一見するとふたつはよく似ていたそうなのだ。

若奈が園子をにらみつける。

「どうして缶の区別がついたのですか。園子さんは父の部屋に入ったことがありますよね。だからすぐに紅茶の所在がわかったんじゃないですか？」

園子が紅茶を淹れる動作には淀《よど》みがなかった。事前に配置を知らなければ難しそうだ。園子はうつむいたまま答えない。

語調を変えないまま、若奈が忌々《いまいま》しげに言う。

「父の影を追うことで思い知りました。こちらでの父の生活は実家を感じさせる要素が一切排除されていました。自ら望まないと、ああまで避けることは難しいはずです」

若奈が最初に違和感を覚えたのは、アパートに入った瞬間だったという。父母は新築を建てる際、希望して純和風の住宅にしたはずだった。

しかし父の終《つい》の棲家《すみか》は実家になかったフローリングだった。それは父母の生活にないものだった。電化製品も同様だったという。実家で使い慣れたメーカーの製品が全く存在していなかったそうなのだ。

「食事も同じでした。父は洋風の食事より、母の作る和食を好んでいました。映画を観る趣味もなかったし、本だって母と一緒に歴史小説を読んでいました」

若奈は六朗宅でも、紅茶ではなく緑茶を愛飲していたと話していた。若奈が口惜しそうに下唇を噛《か》む。

「町の景色だって全然違う。父は新しい生活から、家族の思い出を完全に取り除いたんです。母は心から父を愛していた。それなのに私たちとの記憶を拒絶して、他の女との恋をはじめるなんて、あんまりです！」

若奈の大声が早朝の静かな店内に響いた。麻野の包丁を動かす音が止まる。園子が目を閉じ、小さく息を吸う。それから絞り出すように言った。

「嘘をついたことは謝罪します。ですが誤解があります。私が大坪さんのお宅にお邪魔したのは、スープをいただいたお礼として、缶に入った飴を渡した半年前の一度きりです。その際はお茶だけいただき、すぐにおいとましました」

「それなら最初から、そう説明すればよかっただけでは？」

若奈の口調は厳しかった。園子はうつむき、ひざの上で両手を固く握っている。心配になり、理恵は園子の腕に手を添えた。園子は小さく震えていたが、若奈を正面から見返した。何かを決心した表情だと理恵は思った。

「言えなかったのには理由があります。お恥ずかしながら、私は六朗さんをお慕いしておりました。だからこそつい隠してしまったのです」

突然の告白に若奈の瞳に動揺が浮かぶ。園子はさらに続けた。

「ですが想いは叶《かな》いませんでした。私はあの人に振られているのです」

理恵と若奈の驚きをよそに、園子は話を続ける。

三ヶ月前、園子は六朗に想いを伝えたという。しかし六朗は耳が遠くて聞き取れなかったと答え、すぐに話題を変えたそうなのだ。

「聞かないふりをしたのだと、すぐにわかりました。私を傷つけないための方便だったと解釈していますす」

耳が遠かったというのは嘘だろう。六朗は騒がしい店内でも、女性の小さな声に気づいていた。理恵の胸が小さく痛む。告白を誤魔化された過去が理恵にもあった。園子の胸中を考えるとやりきれない気持ちになる。

園子が深々と頭を下げる。

「浅はかな嘘のせいで誤解を招いたことは本当に申し訳なく思います。ですが大坪さんは間違いなく奥様を愛していたはずです。信用していただけるかわかりませんが、私は証拠を目撃しました」

それは園子が六朗のアパートに行った際の出来事だったという。六朗が手洗いで席を外していたとき、壁際にかけられたジャケットが目に入った。それは六朗が愛用しているジャケットで、袖に枯葉がついていたという。

立ち上がって枯葉を取ると、その拍子にジャケットは床に落ちてしまった。慌てて拾った園子は、裏地が繕われていることに気づいた。

「丁寧な手縫いの痕跡がありました。きっと奥様が手入れをしていたのでしょう。そこに大坪さんがお戻りになられ、私は裏地についてお伝えしました。そのときの慈しみの表情が私は未だに忘れられません。今思えばあれは亡き奥様を想う表情だったのでしょう」

話を聞きながら、若奈はうつむいていた。表情を見せないまま、淡々とつぶやく。

「そのジャケットは、グレーのシングルですよね」

「そうです。きっと今もアパートのどこかに大切に保管して……」

「それなら半年前、私の自宅に郵送されてきました」

園子が絶句する。顔を上げた若奈は今にも泣いてしまいそうな表情だった。

「ついでに言うなら、そのジャケットは父の服では珍しく、母が選んだものではありません。出張先で不注意から服を汚し、父が一式を自分で買い揃えたのです」

園子は言葉を失っている。半年前という時期を考えれば、園子が裏地を確認し、六朗に伝えた直後にジャケットを郵送したことになる。

ジャケットを繕ったのは奈津恵だろう。理恵には六朗が、妻の痕跡を発見したからそのような行動をとったとしか思えなかった。店内に沈黙が訪れる。麻野が仕込みをする音も消えていた。理恵はシチューの残りを口に運ぶ。時間が経過したせいで冷え切っていて、不思議と味気なく感じられた。

「失礼します」

気づかないうちに麻野が席のそばに近づいていた。理恵たちが困惑していると、麻野が口を開いた。

「少しだけお時間をいただけますか。味わってもらいたい料理がございます」

「え……」

麻野は頭を下げ、カウンターの向こうに歩いていった。手を洗い、調理をはじめる。何がはじまるのだろう。理恵は麻野の表情が暗いことに気づいた。

麻野はまず野菜を切りはじめたようだ。ただ、カウンターの向こうなのでテーブル席からだと具体的な調理過程は見えない。鍋に素材を入れてコンロに点火する。炒めはじめたかと思うと、時々ふたをしている。それを交互に繰り返していた。

「これから僕がお伝えすることは、あくまで推測に過ぎません。故人が本当にそう考えていたのか真実はわかりません」

鍋の様子をうかがいつつ、麻野が鍋に具材を投入していく。その度に炒め、ふたを閉める作業を行っていた。炒める際の音から弱火だとわかる。店内に野菜を炒める際の甘い香りが広がっていった。

「僕は大坪六朗さんが、奥様を嫌っていた可能性は極めて低いと考えています」

「どうしてですか？」

若奈が不審そうな目つきを麻野に向ける。若奈は麻野の推理力を知らない。突然割り込んできた人物に警戒するのは当然だろう。

ただ、理恵も麻野の行動に驚いていた。麻野は基本的に誰かから頼まれないと謎《なぞ》を解決しようとしない。しかし今回は麻野から推理を披露しているのだ。

「ジャケットの扱い方です。本当に奥様に悪感情を抱くなら、ジャケットを捨てるはずです。郵送したのは、大坪さんにとってジャケットが大事な品である証拠でしょう」

野菜を炒めながら、麻野は別の鍋での調理も進めはじめた。お湯を沸かした後、鍋に何かを入れる。すると今度は店内に煮干しの香りが漂った。煮干しを濾《こ》してから、野菜の鍋に出し汁を入れる。それから塩や醬油《しょうゆ》を加え、味をたしかめていた。

「大坪さんの行動は、約束に基づくと考えています。約束については久我さんが以前仰《おっしゃ》っていましたね」

若奈は首を捻《ひね》ってから、恐るおそるといった様子で口を開いた。

「病床の母が『私の分も長く人生を楽しんでね』と言ったことでしょうか」

「それともう一つ、お母さまは自殺を激しく嫌っていたようですね」

若奈がうなずく。麻野が豆腐を手で千切《ちぎ》りながら鍋に加える。さらに塩を加えてから味見をする。そこから火加減を調節し、洗い物をはじめた。

皿を洗いながら、麻野が口を開く。

「大坪さんは奥様と縁がなく、ご実家とは異なる環境に身を置きました。食事の種類や嗜好品も変え、過去の痕跡も実家に残したままにしました」

店内に野菜と煮干し出汁、醤油の香りが満ちている。おそらく話の流れから、けんちん汁だと思われた。ただそこに、和食には珍しい匂いが混ざっている気がした。しかし店内に染み込んだブイヨンの香りに紛れ、その正体はわからない。

「大坪さんと奥様は同じ街で生まれ育ちました。ご実家の近くには至るところに思い出があったことでしょう。通り慣れた道や通い詰めた商店、ご近所さん。季節によって色合いを変える田畑、そのどれもが奥様との大切な記憶を呼び覚ましたはずです」

麻野は鍋の火を止め、お玉を使って中身を漆《うるし》の汁椀によそった。三つの椀をトレイにのせ、理恵たちの席に箸と一緒に配膳する。

「ご自宅も同様だったはずです。畳の部屋も電化製品も、お母さまが買われた衣服も何もかも、きっと大坪さんには奥様との思い出だった。それらは同時に奥様の不在を思い知る呼び水になったことでしょう」

麻野が用意したのは、けんちん汁だった。シチューの後なので量は控えめだ。

「六朗さんが家を出た理由は、とても単純だったのだと思います」

麻野が目を閉じる。理恵も同じようにまぶたを下ろした。汁椀から、煮干しと椎茸の出汁、そして嗅ぎ慣れているけれど、どうしても思い出せない香りがふわりと鼻孔に飛び込んできた。

「きっと六朗さんには、奥様の思い出から遠ざかる以外に生きる術《すべ》がなかったのです」

理恵の脳裏に、六朗のアパートの窓から見えた景色がよみがえる。

窓を開けると、丁寧に手入れされた隣家の庭が瞳に飛び込んできた。枝は丁寧に剪定《せんてい》され、枯れた葉も摘んであるようだった。雑草も取り除かれ、整然と並んだプランターには冬の花が淡く咲いていた。

花の咲き誇る庭は、最愛の妻の趣味と同じだった。窓を開けるたびに妻を思い出すことになる。だからこそ六朗は窓を閉ざした。

奈津恵は夫が長く生きるよう願っていた。そして自殺をひどく嫌っていた。だから奈津恵を思い出す全てから距離を置いた。

妻のいない世界に押し潰《つぶ》され、自ら命を絶ってしまわないように。

理恵は椀を手に持ち口をつける。

「……ふう」

理恵はため息を漏らす。こんなにも滋味深いけんちん汁は、はじめてだった。野菜の滋養が出汁と一体になり、それでいて雑味は感じられない。園子も若奈も同様に、けんちん汁の味わいに言葉を失っているようだった。

続いて野菜に取りかかる。ゴボウや大根、人参《にんじん》、椎茸などの野菜が大ぶりに切られている。驚きなのが全ての具材の味が引き立ちつつ、それぞれに味移りをしていないことだ。レンコンならレンコンの、里芋なら里芋の味が独立しているのだ。豆腐やこんにゃく、油揚げなどの具材も、旨みをはっきりと主張している。

見た目はありふれたけんちん汁だ。それが調理次第で別格の料理に仕上がっている。

さらにこのけんちん汁は、理恵の知る味とは決定的に異なる気がした。野菜の味わいを引き出す不思議なふくよかさの正体が、理恵にはあと一歩のところで摑《つか》めない。

若奈が椀をテーブルに置き、長く息を吐いた。

「母が作ってくれたけんちん汁の味です。何度挑戦しても再現は無理でした」

「正解で安心しました。このけんちん汁は僕の尊敬する料理研究家の方が考案したレシピです。うちの店でも日替わりメニューで出したことがあります。お母さまが研究熱心と聞き、これではないかと思い当たりました」

このけんちん汁をスープ屋しずくの日替わりメニューで出したことがあるらしい。一度食べれば覚えていたはずだ。運悪く逃していたことを理恵は口惜しく思った。

若奈が麻野に質問する。

「どうすれば、この味になるのですか？」

「コツは二つあります。一つは野菜を弱火で丁寧に蒸らし炒めしてあげること。もう一つは炒める際に、オリーブオイルを使うことです」

「和食にオリーブオイルですか？」

理恵は思わず声に出していた。ずっと引っかかっていた味は、たしかにオリーブオイルだ。その反応を予想していたのか麻野が微笑を浮かべてうなずいた。

「オリーブオイルは優れた油で、素材の旨みを最大限に引き出してくれます。和食で使うことで、味わいがより深みを増します。料理研究家の方は、ミネストローネからヒントを得たそうです」

「だから私は、ミネストローネで思い出したんですね」

園子が目を丸くする。園子はミネストローネを食べた瞬間に記憶が蘇ったと話していた。味覚と記憶が結びついた結果なのだろう。園子が口元に手を当てる。

「そうか。だからジャケットを……」

園子が声を震わせる。家を発《た》つ際に着ていたジャケットは自分で購入した品を選んだのだろう。そのジャケットなら妻を思い出さずに済むと考えた。しかし裏地に妻の痕跡があると知り、手放さざるを得なくなった。

「でも、そんな……」

若奈は混乱している様子だ。数分前まで父が家族を捨て、新しい女性の元に走ろうとしていたと思い込んでいたのだ。それなのに父が誰よりも母を愛していたと知らされた。困惑するのも無理はないだろう。そんな麻野が若奈に穏やかな笑みを向けた。

「僕には大坪さんの気持ちが理解できます。同じように妻を亡くしていますから」

麻野は以前、『きっとそれで久我さんには伝わると思います』と口にしていた。

麻野はあの時点で真相がわかっていたに違いない。

麻野にとって亡き妻の静句《しずく》は、六朗の奈津恵への想いに負けないくらい、かけがえのない存在なのだろう。だからこそ六朗の真意にすぐ気づくことができた。

麻野は若奈も同じ答えにたどり着くと考えた。だけど若奈は間違った結論に達した。だから事実を告げるため、けんちん汁を振る舞ったのだ。

「疑ってしまい申し訳ありません」

「いいんです。大坪さんが奥様を心から愛していたことを知れて、私も幸せな気持ちになれました」

若奈の謝罪を園子が受け入れている。二人のあいだのわだかまりが消えたことは、六朗にとっても本望だろう。二人は目に涙を浮かべながら、思い出話をはじめた。シチューの後なのに、あっという間にけんちん汁を食べ終えている。

理恵はその様子を遠くにいるような感覚で眺めた。理恵は最初から部外者だった。だけど少し前に麻野の真似事をして、推理を成功することができた。その体験から、またうまくやれると思い込んでしまった。

でも、よかれと思って他人の悩みに関わった結果、麻野にとって亡き妻の静句が、途方もなく大きな存在だという事実をあらためて目の当たりにすることになった。

麻野がカウンターの向こうに戻る。再び下拵《したごしら》えの音が店内に響きはじめた。理恵はけんちん汁に口をつける。優しい味わいが喉を通り、滋養が身体に染み込んでいった。

第五話

やわらかな朝に

1

オフホワイトとグレーのニットを見較《みくら》べて、比留間梓が眉間に皺《しわ》を寄せている。どちらも春先まで使えそうで、どんな服でも合わせやすそうだ。半額セールの対象品なので値段が手頃なのもポイントが高かった。

「うーん。理恵さん、どっちがいいと思いますか」

「私は白のほうが似合うと思うな」

「……なるほど」

梓はしばらく悩んでから、最終的にオフホワイトを選んだ。レジで会計を済ませ、フロアを散策する。土曜のファッションビル内は客でごった返していた。リーズナブルなアクセサリーコーナーがあれば立ち寄り、アパレルショップでは春物のスカートを眺める。二月に入り、店頭のラインナップは春物でいっぱいだった。

梓はスープ屋しずくのランチタイム限定でアルバイトをしている大学生だ。年末に事情があって一旦は辞めたが、最近になって復帰することになった。接客時の笑顔が素敵だったから、戻ってきてくれたことが嬉《うれ》しかった。

理恵は梓がアルバイトに応募した際にたまたま同席したり、一度辞めることになった原因の騒動に少しだけ関わったりした縁もあり、ファッション雑誌を貸すなど親しくなっていた。今日は梓から誘われ、一緒に買い物に来ていたのだった。

昼過ぎから買い物をはじめ、途中休憩で和カフェに入った。上質な緑茶や、抹茶スイーツなどが注文できる人気店だ。理恵と梓は茶葉の異なる緑茶を飲み較べできるセットを頼んでみることにした。

最初に飲んだのは京都の緑茶だった。浅蒸しという製法で作られたというお茶は黄金《こがね》色で、渋みの後に濃い旨みが感じられた。次に運ばれてきたのは新潟《にいがた》のお茶で、渋みが少なく甘みが強い。産地や製法で味が大きく異なることに理恵は新鮮な気持ちを覚える。

「こんなお茶を飲んだの初めてです」

梓が目を丸くしている。反応が大きいのを可愛らしいと思っていると、梓は自宅で飲むお茶が最近イマイチだと話した。

「緑茶が好きで前はよく家で飲んでいたのですが、最近どこか味気なく感じていたんです。味覚が変わったかと疑問に思っていたので、一度ちゃんとしたお店で飲んでみたかったんです。こちらの緑茶はすごく美味《おい》しいですね」

「そうなんだ。どうしてだろうね」

　他愛ない会話を交わしていると、時間はあっという間に過ぎていく。時刻は午後六時に近づいている。程よくお腹《なか》も空いてきたので、理恵たちはスープ屋しずくに向かった。

　スープ屋しずくのある路地はオフィスビルばかりで、他に店舗がない。夜の暗さを店先の暖色の灯りが照らしている。ＯＰＥＮと書かれたプレートの下げられたドアを押すと、ドアベルの音が鳴った。

「いらっしゃいませ！　あっ、理恵ちゃんに梓ちゃん。待ってたよ！」

「こんばんは、慎哉くん」

　威勢良く出迎えてくれたのはホール担当の慎哉だった。冬なのに日焼けした浅黒い肌に、つんつんに立てた茶髪は一見するとホストみたいな風貌だ。清潔感のある白のリネンシャツと茶色のコットンパンツ、黒のエプロンという格好は店主の麻野と同じだ。だけどボタンを余分に外していたり、ベルトの位置が微妙に下がっていたりなど、細かな着こなしの崩し方で麻野と違った軽い印象になるのが不思議だった。

「お邪魔します」

梓が軽く会釈をすると、慎哉は梓たちを奥のテーブル席に促した。テーブル席にあったＲＥＳＥＲＶＥＤと書かれたプレートを慎哉が回収する。理恵が事前に電話予約していたのだ。

「今日は客として、目いっぱい楽しんでいってよ」

慎哉が梓に向けてウインクする。そんなキザな振る舞いも、キャラクターのせいなのか慎哉だと自然に受け入れてしまう。麻野の姿が見えないので、奥の厨房《ちゅうぼう》で調理に専念しているのだろう。

客は珍しく数名しかいなかった。オフィス街のど真ん中にあるスープ屋しずくは平日のほうが繁盛している。理恵はドリンクメニューを開く。スープ屋しずくではソムリエ資格を持つ慎哉が選んだ良質なワインが楽しめる。ボトルの種類も豊富で多人数なら注文したいところだが、今日はグラスワインを頼むことにした。

グラスワインは白や赤、スパークリングワインなどが常時数種類用意されている。飲み終わると次のボトルに切り替わるので、毎回異なる銘柄が楽しめる。

理恵は最初の一杯なので軽めのスパークリングワインを頼むことにした。梓はメニューとにらめっこした後、レモンサワーを選んだ。ビールや焼酎《しょうちゅう》、日本酒、カクテルなども常備されているのだ。

慎哉にドリンクを注文した後、理恵たちはグランドメニューを開いた。スープ屋しずくのメニューには全ての料理に主要食材や栄養素などが紹介してある。定番のホワイトシチューでは、具材であるブロッコリーにレモンの2倍のビタミンCが入っているなどといった解説文が添えられていた。

理恵たちはクレソンのサラダと旬の魚のカルパッチョ、そしてメインにハンバーグシチューを選んだ。それと前から食べてみたかったスペイン風にんにくスープも頼むことにした。

「はい、お待たせ。今日の泡はめちゃくちゃ美味しいよ」

ドリンクを運んできた慎哉に食事の注文をしてから理恵たちは乾杯をした。スパークリングワインは炭酸が爽やかで、すっきりした味わいだった。梓のレモンサワーにはぶつ切りの国産レモンがたっぷり入っていて、ひと味違う贅沢《ぜいたく》感が楽しめる逸品だ。

「今日はありがとうございます。私だけだとファッションセンスがなさすぎて。理恵さんみたいなオシャレな人に選んでもらえてよかったです」

「そんなことないって。今日の梓ちゃんの服装も可愛いよ」

「えっと、そうですか……？」

照れたのか、梓の視線が泳ぐ。梓はカーキのモッズコートにグレーのセーター、ジーンズのミニスカートに黒タイツというコーディネートだ。似合っているが、普段から全体的にくすんだ色合いが多いという印象だった。だから今日は全体的に明るい服装を見繕《みつくろ》った。

程なくしてサラダとカルパッチョが到着する。サラダのクレソンはしゃきしゃきで、バルサミコ酢を使った甘酸っぱいドレッシングが相性抜群だった。カルパッチョはホウボウで、オリーブオイルと岩塩、そして刺激の少ない薄切り玉ねぎによって白身魚の優しい甘さが引き出されていた。

アルコールが入ると会話は弾《はず》む。話題は梓の最近の心配事である幼馴染《おさななじ》みに及んだ。

「この前、忠司《ただし》が料理の勉強をしたいって言い出したんですよ」

「そうなんだ。最近は家から出られているの？」

「長時間は無理みたいですけど、近所の散歩にはよく同行しています」

梓はレモンサワーのせいか頬が赤らんでいる。本郷《ほんごう》忠司は今年一月の頭まで四年間も引きこもり生活を送っていた。だが梓の奮闘や麻野の推理などのおかげもあり、部屋から出ることができた。その後の経過は詳しく聞いていなかったが、順調に社会復帰を目指しているらしい。

視界の端に麻野が厨房から出てくるのが見えた。理恵は自然と視線で追う。トレイに素朴な色合いの、明るい茶色をした皿をのせている。理恵たちの席に近づき、テーブルに皿を置いた。

「理恵さん、梓さん。いらっしゃいませ。ご注文いただいたソパ・デ・アホです」

「お邪魔しています、麻野さん」

初めて聞くと滑稽《こっけい》に思えてしまう名前のスープはスペインの定番料理だ。アホとはスペイン語でニンニクを意味するらしい。翌日に仕事があると食べにくいが、明日は休みなので遠慮なく注文できた。スープにはスライスしたニンニクと薄切りのバゲットが浮いていて、半熟状態の卵が落とされていた。

「スープが赤いのですね」

「パプリカパウダーが入っています。スペインではピメントンと呼ばれ、味作りには欠かせない食材なのですよ」

「そうなのですね。では早速いただきます」

理恵と梓は二つの小鉢にスープをシェアした。それから理恵は木のスプーンを手に取り、スープをすくう。口に運び、熱々のスープを流し込む。

真っ先にニンニクの味を感じ、それから香りが鼻孔を突き抜ける。

「美味しいです。想像よりずっと上品な味わいで食べやすいですね」

「スペイン産のニンニクを使用しました。コクがあり、香りが柔らかいのが特徴です。最近はスーパーでも気軽に手に入るようになりました」

「そういえばたまに見かけますね」

理恵はまだ買ったことがないが、今度見つけたら手に取ろうと思った。スープはたっぷりのパプリカパウダーが入ることでスペイン料理らしい独特の雰囲気が出て、卵がまろやかさを演出している。スープをたっぷり吸い込んだバゲットは日本料理のお麩《ふ》のように具材としてマッチしていた。梓が感心したような面持ちでスープを見つめている。

「こんな料理もあるんですね。シンプルなのに、すごく奥深い味です。あと葡萄《ぶどう》みたいな甘い香りもしますね」

言われてみないと気づかなかったが、梓の言う通り、スープの奥底に果実を感じさせる香りが潜んでいた。すると麻野が嬉しそうに眉を上げた。

「よく気づいたね。香りづけとして仕上げにほんの少しのシェリー酒を加えたんだ」

確かにシェリー酒の香りが入っている。梓は味覚や嗅覚が敏感なのかもしれない。梓は照れたような表情でスープを味わっていたが、急に決意を込めた視線で麻野を見つめた。

「あの、こんなことをお願いするのはご迷惑かと思うのですが……」

梓は麻野に、忠司が料理を学ぼうとしていることを説明する。そしてそのきっかけは麻野の亡き妻である静句にあるらしかった。

「忠司は静句さんから食べさせてもらったスープの思い出を大切にしていました。だからこそ復帰を決意した際に、料理の道を考えたのだと思います」

「そう思ってもらえて、静句さんも本望だと思うよ」

麻野が優しげに目を細め、理恵は思わず視線を逸《そ》らした。

「私も忠司を応援したいと考えています。でも今の忠司じゃ長時間の外出は大変ですし、それほど親しくない人が家に上がるのも難しいです。だから私が料理を勉強して、それを忠司に教えられないかと思っているんです」

梓が上目遣いを向けてから、麻野に頭を下げる。

「迷惑は承知していますが、私に料理を教えてもらえないでしょうか。授業料もお支払いします」

静句が忠司に振る舞ったスープは夫に習って作ったか、もしくは麻野本人が調理したはずだ。麻野が忠司に教えるのが最も手っ取り早いだろうけれど、忠司は麻野に対してとある事情から罪悪感を抱えている。麻野に直接教えを請うのは困難だと思われた。

「構わないよ」

麻野はあっさりとうなずいた。

「僕でよければ喜んで教えるよ。ただ、授業料は要らない。梓さんはアルバイトをがんばってくれているし、露が迷惑をかけたしね」

麻野の快諾に喜んだのか、梓は席から立ち上がって勢いよく頭を下げた。

「ありがとうございます！」

麻野に料理を教われるなんて、本音を言うと羨《うらや》ましかった。麻野と梓が相談して、アルバイト後の閉店時間に教わることになった。そこへ、カウンターでカクテルを作っていた慎哉から、麻野を叱《しか》りつける声が飛んできた。

「おい、暁。お前いつまで喋《しゃべ》ってるんだ。もうすぐ予約の団体客が来るぞ！」

「本当だ。では失礼します」

麻野は店内の時計を確認し、慌てて厨房まで素早く戻った。しばらくすると一度に八人の客が来店して、途端に騒がしくなった。理恵たちがドリンクを追加注文すると、メインであるハンバーグシチューがすぐに運ばれてきた。

熱々の陶器皿にたっぷりのブラウンシチューが注がれている。人参《にんじん》やペコロスという小さな玉ねぎ、マッシュルームなどがごろごろと入っていて、中央に大きなハンバーグが鎮座していた。フォークを入れると肉汁がじゅわっと溢《あふ》れ、シチューに混ざり合う。普段来ることの多い朝営業では味わえない濃厚で贅沢な料理に、理恵と梓は満足感を覚える。赤ワインとハンバーグのマリアージュを楽しみ、満腹になって店を出た。

梓と駅で別れてから、帰りの電車に乗り込んだ。車内の座席は全て埋まっていて、理恵は吊革をつかんだ。

私も参加していいですか、の一言が出せなかった。その理由が、麻野の亡き妻である静句の存在を意識しているからだと自分でもわかっていた。がたんごとんと音を立て、電車は理恵を乗せて走り続けた。

2

仕事が終わらず、昼休みを取るのが少し遅れてしまった。部署には誰もいない。一人で会社のあるビルを出た理恵は、冷え切った空気に身を縮ませた。

こんな風《ふう》に寒い日は、しずくのスープに限る。歩いて店の前まで行くと、道路に二つの列ができていた。

「満席か」

スープ屋しずくのランチは人気が高く、店内の席はタイミング次第ですぐに満杯になってしまう。仕方なく理恵はランチの持ち帰りにすることにして、もう一つの行列に並んだ。

「お次の方どうぞ」

持ち帰り専用のメニューをながめていると、梓から声をかけられる。理恵が店に入ると、梓が顔を明るくさせた。

「理恵さん、先日はありがとうございました」

梓は白いリネンシャツに茶系のパンツ、黒のエプロンという、麻野や慎哉の制服と同じ格好だ。梓の笑顔はいつ見ても気持ちがいい。理恵は挨拶を返してから、定番メニューのコーンポタージュとAセットを頼んでサラダを選んだ。注文を受けた梓は手際よく用意して理恵にビニール袋を差し出した。

「お待たせしました」

「ありがとう。そういえば麻野さんから教わった料理は、もう忠司くんに教えたのかな」

「それは……」

梓が何か言いかけて黙った。表情が暗い気がする。背後を振り返ると、持ち帰りスープを待つ客はいなかった。理恵がぴったりの代金を差し出し、梓が受け取った。

「何かあった？」

理恵が訊《たず》ねると、梓は申し訳なさそうにうつむいた。

「気を遣っていただいてすみません。よかったら、後でお話を聞いてもらっていいですか？」

店先で長話をするのも迷惑だろう。理恵は仕事が終わったら連絡する旨《むね》を伝え、ビニール袋を提《さ》げて店の前から離れて職場に戻った。

部署には相変わらずまだ誰も戻っていなくて、理恵は一人でランチを食べることにした。コーンポタージュはすっきりとした味わいなのに、トウモロコシの味が濃厚だ。粒のトウモロコシを噛むと、甘いエキスが弾ける。ふっくらとした丸パンとの相性もぴったりだった。

その日、理恵は一時間ほどの残業を終えて会社を出た。地下鉄に乗り込むと、幸運なことにシートに腰かけることができた。スマホを取り出したところ、梓からSNS経由でメッセージが届いていた。

『返信、遅くなってごめん。今仕事が終わったよ』

メッセージを送ると相手も手が空いていたらしく、すぐに返事が届いた。梓はメッセージで先日起きたという出来事について教えてくれた。

梓は数日前、外出の訓練を兼ねて忠司を自宅に招いた。そこで麻野から習った牛肉のポトフを一緒に作ったという。ノートに取ったメモを基に梓が主導して作り、忠司は手伝いながら学んでいたそうだ。

そして昨日、忠司からスマホにメッセージが届いた。そこには、忠司が自宅に戻って同じように作ったが、何回挑戦しても美味しくならないと書かれていた。

それが原因で忠司が自信を喪失したらしく、料理の勉強はやめたほうがいいかも、と仄《ほの》めかしてあったそうなのだ。その後も梓はメールを送ったが、忠司はやる気を失ったままなのだという。

『長年の引きこもりの生活のせいで、弱気になっているのかもしれません。忠司には興味を抱いたことを続けてほしいのですが……』

理恵は文面を読みながら、返事について考える。料理にこだわる必要はないだろう。だけど向き不向きを判別するにはさすがに早い気もする。ただ四年もの間、社会生活から隔絶していたのだ。些細なことでも気持ちが折れてしまうのは仕方ないのかもしれない。

『梓ちゃんが焦らないことが何よりも大事だよ。そういう気持ちは相手に伝わるから。気長に寄り添うことも必要だと思うんだ』

結局、当たり障りのないアドバイスしかできなかった。下手に口出しすることで、状況が悪化することが怖かったのだ。

電車が停まり、駅に到着する。ドアが開くと冷たい空気が車内に入り込む。理恵のマンションの最寄り駅まで、まだ半分も来ていなかった。

夏に編集長の布美子が産休を取って以降、土曜出社が定番になっていた。部署の責任者としての仕事に慣れていないのだ。我ながら改善すべきだと思いつつ、仕事をこなせず結局会社に出てきてしまう。

締め切り間際は同僚がいることが多いが、それ以外は部署に理恵一人のことが多い。誰もいない状況だとリラックスして取り組める。普段肩肘《かたひじ》張りすぎている可能性を思うと、どこかで仕事の方法を変える必要性を感じてしまう。

仕事を終わらせた途端、腹の虫が鳴り出した。時計を確認すると、スープ屋しずくのランチタイムのラストオーダーに間に合う時間だった。

急ぎ足で向かうと幸いにもOPENのプレートがかけられていて、理恵はドアを押した。ドアベルの音が鳴り、同時に慎哉が出迎えてくれた。

「いらっしゃい、理恵ちゃん」

店内には麻野と慎哉の他に露もいた。理恵がいなければ早めの閉店作業を行えるだろうから申し訳なく思ったが、空腹には逆らえない。カウンター席の露の隣に座ると、麻野が問いかけてきた。

「いらっしゃいませ、何になさいますか？」

「そうですね。今日はクラムチャウダーをお願いします」

貝の旨《うま》みがたっぷり入ったミルク仕立てのスープは、コーンスープやポトフなどと並ぶスープ屋しずくの人気メニューだ。理恵が通いはじめた頃は定番メニューに入っていなかったが、去年の冬くらいから載るようになったのだ。

「かしこまりました」

麻野が厨房に消えていく。慎哉がコップとおしぼりを置いてくれた。

「お仕事お疲れさまです」

露からねぎらわれる。露の前には水の入ったコップと使われたおしぼりだけがあるので、食事を済ませた後なのだろう。

「露ちゃんはこれからお出かけなの？」

淡いピンクのパーカーに紺色のチェックのプリーツスカート、それにハイソックスと茶色の革靴という格好は愛らしく、これから外出するのだと思われた。すると露が不満そうに口を尖《とが》らせた。

「蓮花《れんか》ちゃんと買い物の予定だったのに、風邪気味らしくてキャンセルになったんです。心配ではあるんですけど、急に暇になっちゃいました」

麻野が厨房から戻ってきて、白いボウルに入ったスープを置いてくれた。白色のスープに大きな二枚貝がたくさん入っていた。表面にはパセリとオリーブオイルがあしらってあり、丸パンが添えられていた。貝とミルクの香りが混ざり合い、ふわりと鼻先に漂った。

「いただきます」

理恵は木の匙《さじ》を手に取って、まずはスープを味わう。ミルクの風味と生クリームのコクが効いたスープには、ホンビノスガイの旨みが詰まっていた。スープ屋しずくではアサリではなく、本場アメリカと同じホンビノスガイを使っている。元々は日本で獲れなかった外来種だが、今ではかなりの漁獲高があるという。

「旨みが濃いですね」

アサリとハマグリの中間くらいの大きさで、肉厚の食感が楽しめる。味も似ていて、貝の旨み成分が存分に楽しめるのだ。スープ屋しずくではたまに白ワイン蒸しなどのメニューが並ぶこともある。白ワインと合わせると絶品の貝であり、エキスはそれだけで最高のスープとして味わえた。

野菜はキャベツや人参、玉ねぎやカリフラワーなど定番の具が入っている。かすかにとろみのついたスープが野菜に絡みつく。毎日でも食べたい美味しさだった。

「暇になったのなら、私と買い物に行く？」

ふと露に提案してみる。そういえば最近、環奈や梓など年下の女子と頻繁に買い物をしている気がする。思いつきだったが、露が目を輝かせた。

「いいんですか？　理恵さんはいつもオシャレだから、ぜひ洋服を選んでほしいと思ってたんです」

「あはは。そんなことないって」

大人の女性として恥ずかしくないような服装を心がけているだけだ。特別にファッションセンスが優れているわけではない。露がカウンターから身を乗り出した。

「お父さん、理恵さんと買い物に行っていい？」

「それは構わないけれど、理恵さんはよろしいのですか？」

理恵は笑顔でうなずいた。

「私も予定はありませんし、露ちゃんとの買い物はきっと楽しいでしょうから」

「ありがとうございます。僕は仕入れ業者と会わなくてはいけないのでお付き合いできないのですが、露をお願いしてもよろしいでしょうか」

「はい、喜んで」

「お父さん、ありがとう！」

露がはしゃぎながら、洋服を買うための予算を交渉しはじめた。理恵はそれを眺めながら丸パンを千切《ちぎ》って口に入れる。しっとりしすぎず、小麦の味が強いパンはスープとの相性が抜群だ。

慎哉がドアから外に出て、すぐに戻ってくる。プレートをCLOSEDにしたのだろう。それから慎哉が窓をじっと見ていることに気づく。つられて理恵も視線を向けるが、窓から見える道路には何の異変もないように思えた。

食べ終えた理恵は会計を済ませ、露と一緒に店を出た。陽射しが強くて、少しだけ暖かかった。二月も半ばに入り、少しずつ気温が上がりはじめているようだった。

小学校高学年の女の子の好む服はどこに売っているんだろう。悩みながら、まずは駅近くのファッションビルに向かうことにした。角を曲がろうとしたところで、理恵たちの前に男性が姿を現した。

「あ、あの……」

男性は二十歳前後で、黒のダウンジャケットとジーンズという格好だった。髪の毛はぼさぼさだ。理恵は男性と露の間を遮るように立つ。

「あ……」

背後の露が声を漏らす。知り合いだろうか。男性は何かを言おうとして、すぐに顔を逸らして口を閉じた。すると理恵の背中の後ろで露がつぶやいた。

「本郷忠司さん、ですよね？」

「えっ」

梓の幼馴染みの名前だ。麻野や露とは面識があったはずだ。するとそこでさらに声がかかった。

「あんたが梓ちゃんの友達か。元不良って聞いてたけど、随分と弱そうだな」

振り向くと慎哉がいた。しずくの制服から着替え、ファー付きのジャケットにVネックの白いセーター、細身の革のパンツという格好だ。胸元でシルバーのネックレスが光っていた。

「少し前から店の前をうろちょろしてただろ。気になって様子見に来たけど、うちの店に何か用か？」

慎哉が窓の外を気にしていたのは、忠司の姿を目撃していたからのようだ。慎哉の態度は圧力が強く、忠司が怯《ひる》むのがわかった。露は不安そうに両者を見守っている。

忠司は過去に麻野の妻である静句と関わりがあった。その経緯を考えると、慎哉が忠司に悪感情を抱いていても不思議ではない。忠司はアスファルトの道路に視線を落としてから、力なくつぶやいた。

「……料理について相談したかったんです。でも、一人でしずくに入るのが怖くて」

理恵は忠司が料理を覚えようとしていたことを思い出す。そこで慎哉があごで先の道路を指し示した。

「ゆっくり話を聞くよ。そこのカフェに入ろうか」

忠司が不安そうにしながらもうなずいた。理恵が露に目配せをする。すると、ほぼ同時に露が理恵のコートの裾《すそ》を引っ張った。どちらも同じことを考えていたらしい。忠司と慎哉を二人にするのは気が引けた。

「あの、私たちもご一緒します」

買い物が後回しになってしまうが、理恵たちもカフェに向かうことにした。理恵たちは四人で、しずくからも近いチェーン店のカフェに足を踏み入れた。


静句のスープの味が忘れられない、と忠司は言った。

生前、静句は少年課の刑事だった。そこで家庭に事情を抱える多くの少年少女と関わってきた。家に帰れず街を彷徨《さまよ》う子供たちに、静句は魔法瓶に入れたスープを振る舞ったことがあったという。

「あのとき飲ませてもらったスープは本当に美味しくて、俺にとってすごく大事な思い出なんです。だから社会復帰をするとき、俺もあんな料理が作りたい、そしてそれを誰かに飲ませたいって思ったんです」

スープのレシピを実際に考案したのは夫の麻野になる。だからスープの仕上がりに満足ができなかった忠司は、麻野に相談しようとした。だが静句の一件が尾を引いていて、スープ屋しずくのドアに触れなかったそうなのだ。

「料理が上手くいかなくて、梓に八つ当たりした自分もすごく情けなくて。だからちゃんと作れるようになって、その上で梓にも謝りたいんです」

忠司は切羽詰まったような表情をしている。料理は経験が重要だろうから、すぐに思い通りにいくほうが難しいはずだ。だけど長年引きこもっていたせいで、心に余裕がなくなっているのだろう。

理恵はコーヒーに口をつける。胃にわるいため普段は避けているが、たまに苦みと香りがほしくなる。慎哉は同じようにコーヒーを、露はホットココアを飲んでいた。忠司の前ではコーヒーが口をつけられずに放置されていた。

忠司と梓には関係を修復してほしかった。何を言うべきか悩んでいると、慎哉が突然カップのコーヒーを飲み干した。

「梓ちゃんの料理教室なら俺も同席したよ。味見もしたし、レシピもだいたい覚えてる」

慎哉は腰を浮かせて、正面にいる忠司に顔を近づけた。忠司は怯《おび》えた顔で身をのけぞらせる。

「というわけで今から材料を揃《そろ》えて俺の家に行こう。名前は忠司だったよな。今からスープを作れ。それをみんなで味見して、失敗した理由を突き止めるんだ」

「ええっ」

忠司の目に困惑の色が浮かぶ。それから視線を彷徨わせ、初対面なのに理恵に助けを求めるような視線を向けてきた。慎哉の押しの強さに恐怖を感じているのだろう。

理恵も参加すれば、おそらく露も同行することになる。洋服を見る約束が実行できなくなる。露は忠司を心配そうに見つめて、理恵に対してうなずいた。こうして理恵たちは四人で慎哉の自宅に向かうことになった。

3

スープ屋しずくから徒歩十分の場所に、慎哉の暮らすマンションはあった。店舗や雑居ビル、閑静な住宅などが建ち並ぶ一等地で、家賃は相当高いと思われる。

マンションは七階建てで、慎哉はオートロックの玄関に鍵《かぎ》を差し込んだ。開いたガラス張りのドアを通り抜け、エレベーターに乗り込む。

露も慎哉の自宅に入るのは初めてらしく、物珍しそうにマンション内部を見渡していた。エレベーターは最上階で止まり、降りたフロアはホテルの廊下みたいだった。一室のドアに鍵を差し込み、ノブを引いた。

「ほら、入って」

一歩踏み入れると香水のような匂いがした。フローリングの廊下の先のリビングは十五畳くらいありそうだ。一人暮らしにしては広く、革張りのソファや巨大なテレビがある。前に訪れた両澤のマンションほどではないが、それに近いくらいの広さがあった。

慎哉が資産家の一族の出とは知っていた。だけど証拠を目の当たりにすると、普段の慎哉とのギャップもあって理恵は戸惑いを隠せない。

四人でキッチンに向かう。広々としていて綺麗《きれい》に片付いているが、料理をした痕跡がない。冷蔵庫の横に同じくらいの大きさのワインクーラーがあり、いっぱいにワインが詰め込まれている。忠司はシンク脇に手から提げていたビニール袋を置いた。露が慎哉に断りを入れてから水道で手を洗ったので、理恵や忠司もそれに続いた。

「まずは梓ちゃんに習った通りにスープを作ってもらうか」

「わかりました」

慎哉の指示に、忠司が緊張した面持ちでうなずいた。

牛バラのブロック肉をパックから取り出し、水洗いをする。キッチンペーパーで拭き取ってから、たっぷりの塩と胡椒《こしょう》をしてからよく擦り込んだ。次に玉ねぎを切り、鍋に油をひいて炒める。そこにカットした肉を入れて表面を焼くと、芳《こう》ばしい匂いが漂った。

「ここにブーケガルニ、セロリの葉、そして水を注いでから弱火にして、灰汁《あく》を小まめに取りながら一時間ほど煮ます。その後はキャベツや人参、セロリ、ジャガ芋を加えて弱火でしばらく煮てから塩胡椒で味を調《ととの》えれば完成です」

忠司がお玉を片手に鍋の前に立つ。慎哉は腕組みをして、忠司の様子を眺めていた。

「理恵ちゃんはどう思う？」

「基本的なポトフのレシピだと思います」

肉や野菜を焼かずにそのまま煮たり、具材やハーブを変えたりするなど様々な作り方がある。だけど麻野はひとまず基本的なレシピを梓に伝えたようだ。

「そうか。露ちゃんはどう思う？」

慎哉が声をかけると、露はキッチンから姿を消していた。露はリビングにいて、重そうなダンベルを両手で持ち上げている。

「えっと、うん。特に何も」

あらためて質問し直すと、露はしどろもどろな様子で返事をした。途中で調理過程に興味をなくしたのか、家の探索をはじめていたらしい。

忠司が鍋を手に、水道水を注ごうとしていた。そこで慎哉が止める。

「せっかくなんでウォーターサーバーを使っていいぞ。この辺の水道水も意外と飲めるけど、多分そっちのほうがうまいだろ」

「あ、はい。わかりました。ありがとうございます」

慎哉を前にすると、忠司は後輩みたいに従う。知らない間に上下関係が構築されたみたいだ。忠司はカップでウォーターサーバーから水を汲《く》み、鍋に入れていた。

水を入れ終えた忠司がコンロに火をつける。弱火でゆっくり加熱するらしい。それから忠司はまな板や包丁を洗い、野菜を切りはじめた。野菜の面取りを終えたところで鍋の湯がぐらぐらと揺れはじめる。

忠司は野菜をボウルに入れ、ラップをかけた。鍋の中身の表面に灰汁が出はじめる。忠司は濁った泡をお玉で丁寧にすくいはじめた。

「丁寧に灰汁を取ることで味が澄んでいくと、梓は麻野さんから教わったそうです」

忠司が真剣な眼差しを鍋に向ける。その様子を見ながら、理恵はつぶやいた。

「麻野さんのレシピか。梓ちゃんが羨ましいな」

誰にも聞こえないくらいの小声のつもりだった。だけど慎哉が耳聡《ざと》く振り向き、にやにやとした視線を向けてきた。耳に入ったのだろうか。慎哉は何も言わず、忠司に向き直った。

「さすがに集中しすぎじゃないか。もっとリラックスしとけって」

確かに端《はた》から見ても気合いが入りすぎていた。

「すみません。梓が教えてくれたときも、あいつは熱心に灰汁取りをしていたから」

忠司が肩の力を抜く。慎哉の言うことは素直に聞くらしい。忠司がキッチンを見渡し、ウォーターサーバーを見つめた。

「そういえば梓の家の台所に、水を入れるポリタンクが置いてありました。こっちのほうがずっと格好良いですね。梓の家でもこれを使えばいいのに」

「ポリタンク？」

「えっとですね」

うまくイメージできなかったので理恵が訊ねると、忠司は詳しく教えてくれた。

以前、関東を大きな地震がおそった。その際、梓の暮らす一軒家のある一帯が断水した。電気やガスは通じたが、水道が数日間使えなくなった。

そこでスーパーで水を買おうとしたが売り切れだった。そこで梓と一緒に暮らしているおじさんがポリタンクを車に載せて、断水していない地域まで水を汲みに何度も往復したというのだ。

「夏によく、外で麦茶とかを入れるプラスチック製のタンクがありますよね。下のほうに小さな蛇口があって、捻《ひね》ると水が出るんです。あれの大きくて青いやつが台所に設置してありました」

タンクは基本的に水道水で満たされていて、飲料用に使っているという。水が終わったら梓のおじさんが補充して、月に一度掃除もしているという。

「かなり面倒だって梓は話していましたが、おじさんも頑固な性格みたいで。一度決めたらずっとタンクを使い続けているみたいです」

災害のための備えは実行するに越したことはない。特に不足を体験したからこそ、断水に対する警戒心が強まったのだろう。

「でも衛生的にはどうなんだろう」

「数日放置されたら、お風呂の水とか庭の植物の水やりに使うみたいです。ただ、親戚の伯母《おば》さんは心配して、色々と口出ししてくるみたいですね」

忠司が思い出したかのように苦笑いをはじめる。内容は伯母さんのことで、梓から頻繁に愚痴を聞かされているらしい。

その伯母さんは、梓を引き取ったおじさんの姉に当たる人物のことだ。家に頻繁に来ては世間話を続け、悪気はないと言いながら余計な一言を残していく性格らしかった。

健康に良いという噂《うわさ》を聞けば青汁を大量購入し、テレビでパワーストーンについて特集すれば買い漁《あさ》る。そして驚くことに、許可なく梓の家の分まで用意してくるというのだ。

「梓が言うには、ある日突然送りつけてくるらしいです。それで本人が善いことをしていると信じ込んでいるのが空恐ろしいですよね」

青汁の場合はおじさん夫婦が苦手で、結局梓が全て消費したという。でも、定期的におじさんと喧嘩《けんか》になっているようだが、結局仲直りをしているという。でも、どこか憎めないところがある人だと、梓はあきらめたように話していたそうだ。

理恵は話を聞きながら、忠司の表情に注目していた。梓について喋るときの忠司は穏やかな顔をしている。そこから忠司が梓を大事に思う気持ちが伝わってくるようだった。

忠司は喋りながらも、ちゃんと鍋に集中していた。余分な灰汁や脂を丹念にすくい取ることで、鍋の中の煮汁は透明度を保っていた。

肉が軟らかくなったところで、忠司は切っておいた野菜を投入した。するとまた灰汁が出てきたので、忠司は再びすくっていった。そしてさらに煮込み続けて、麻野直伝の牛肉のポトフは完成した。

慎哉が用意した皿に四人分のポトフが盛りつけられる。露は途中で完全に飽きていたようで、テレビで流れていたCS放送の海外アニメに釘付《くぎづ》けになっている。だが料理がテーブルに運ばれると、ちゃんと皿に向き直った。

「では、いただきます」

忠司が緊張した面持ちで理恵たちの様子をうかがっている。皿からは肉と野菜を煮込んだ香りが漂っている。理恵は透明なスープをすくい、口に運んだ。

「うん、ちゃんと美味しい」

牛肉の旨みは出ているし、野菜の甘みもスープに溶け込んでいる。しっかり灰汁を取ったせいか雑味もない。ハーブの香りが余計に出ていたり、どこかコクが足りなかったりなど不満を挙げることはできる。スープ屋しずくのような特別感はないが、初心者が作った料理としては充分すぎるほどの出来だと思えた。

「暁が梓ちゃんに指導したときの味と変わらないぞ」

慎哉も太鼓判を押している。露も「普通に美味しい」と感想を述べた。だけど忠司はスープを味わった後、眉間に皺《しわ》を寄せていた。

「これじゃないんです」

「どういうことだ？」

慎哉の問いかけに、忠司は不満そうに首を横に振った。

「梓の作ったスープはこれよりも美味しかったんです」

「はっ？」

「えっ？」

慎哉と露が目を丸くしている。理恵もとっさに反応ができない。このレシピは麻野が梓に伝えたレシピで、味も麻野が指導したときと同じだと慎哉も保証している。だが梓が作ったスープは、麻野が教えたものよりも優れているというのだ。

「どうしてうまくいかないんだろう。静句さんは俺にスープの素晴らしさを教えてくれました。俺が新しく生き直すための希望なんです。それなのにこんな出だしからつまずいていたら、何もはじめられない気がするんです」

忠司の表情に焦燥感が浮かぶ。思い詰めすぎだと思った。だけど四年間の引きこもり生活への後悔や、静句に抱いた複雑な感情が、忠司の視野を狭めているのかもしれない。

その後も話し合ったけれど、結論は出なかった。理恵たちは慎哉のマンションを辞去することにした。忠司の自宅から地下鉄が近いことがわかったので、三人揃って駅まで見送ることになった。時刻は夕方近くで、日が沈みそうになっていた。

「今日はありがとうございました」

何度もお辞儀をしながら、忠司は階段を降りていった。姿が見えなくなり、理恵は振っていた手を下ろした。

「忠司くん、ずいぶんと焦っていましたね」

「梓ちゃんにいいところを見せたいんだろうな。好きな子のために格好つけようとしている男には、外野は何も言えないよ」

忠司が梓に抱いている感情が恋愛なのか理恵にはわからない。だが梓を大事に思っていることは間違いなかった。すると露が慎哉を見上げていた。

「慎哉くん、珍しいね」

「ん、何が？」

「あんなに誰かに積極的に親切にする慎哉くん、あんまり見ないから」

露から真っ直《す》ぐな眼差しを向けられ、慎哉が苦笑しながら頭を掻《か》いた。

「そりゃ、あいつは特別だよ。静句ちゃんが助けようと思っていた子だからな」

「……そっか。そうだね」

露は小さく息を吸い込んでから、はっきりとうなずいた。慎哉にとっても露にとっても納得に値する理由だったのだろう。一羽のカラスが飛んできて、近くの電線に止まった。一度鳴いてから再び飛び立ち、遠くの空へ消えていった。

夜営業の開始時間が近かった。慎哉はスープ屋しずくへ、露はその上の階にある自宅に戻ることにした。理恵は露と今回果たせなかった買い物を実現させると約束を交わし、途中にあった地下鉄駅の入り口を降りることにした。

ホームで待っていると、自宅最寄り駅に繋《つな》がる電車が到着した。乗り込んで席に座ると正面に親子連れが座っていた。若い男女が幼い娘を挟んで腰かけている。遊びに出かけた帰りなのか、父親と娘がそっくりな体勢で眠っていた。その様子を母親らしき女性が愉快そうに眺めている。

慎哉が忠司に手を差し伸べたのは、かつて静句が助けようとした子だという想いが根底にあったからだ。忠司が新たな出発に料理を選んだのも静句が振る舞ったスープがきっかけだ。麻野は疲れた人を穏やかに導いてくれる。露は他人の痛みに敏感で、世の理不尽に対して怒ることができる。麻野静句の想いはたくさんの人に伝わり、今でも温かく息づいている。

「……え？」

静句に想いを馳《は》せていた理恵は、ふいに浮かんだ感情に戸惑う。なぜそんな気持ちを抱いたのか、自分自身でも理解できない。

その感情は、悔しさだった。

電車が次の駅に停まる。母親が夫と娘を起こし、家族連れは慌てた様子でホームへと駆けていった。自動ドアが閉まり、再び電車が動き出す。その間中も理恵はずっと自分の心に向き合い続けた。

自宅に戻った理恵は部屋の掃除をはじめた。考えが袋小路に陥ったときは家事をするのが一番だ。リビングが完全に片付き、次は玄関に取りかかろうとしたところで、梓から電話があった。

理恵は流したままにしていたテレビを消音にした。どこかの肉料理店の映像が音声無しで紹介されている。ディスプレイの緑の受話器を指でなぞってから耳に押し当てる。

「もしもし、理恵さんでしょうか」

「うん、どうしたの？」

「突然お電話してしまってすみません。今は大丈夫ですか？」

平気だと告げる。梓の用件は、先日話を聞いたことに関するお礼だった。気にしないでよかったのに、律儀な性格だと思った。

理恵はてっきり昼間の忠司の件についてだと思った。しかし口ぶりから梓は知らないらしいことが伝わってきた。そこで理恵は忠司から去り際に、梓には内緒にしてほしいと口止めされたことを思い出した。

「ところで理恵さんはキウイはお好きですか？　今うちにたくさんあるので、もしよかったら食べてもらいたいと思いまして」

電話の本題はキウイを渡すことのようだ。

「そんなに気を遣わなくていいよ」

話を聞いただけなのだから、物品まで頂戴するわけにはいかない。

「……それが親戚から食べきれないくらいのキウイを渡されまして。栄養素充足率が高い完全食だとテレビで観たとかで、ものすごい量を買ったそうなんです。でもおじさんとおばさんはあまり好きじゃなくて、どうすればいいか困ってるんです」

スピーカー越しに、梓の沈んだ表情が浮かぶようだった。

「ひょっとして例の伯母さんかな」

「そうなんです。先月なんて突然大量の殻付きの牡蠣《かき》が送られてきてびっくりしました」

海のミルクと呼ばれる牡蠣は栄養豊富で、亜鉛やタウリンなどがたくさん含まれている。

贈り物は嬉しいが限度はある。苦手な食べ物ならむしろ迷惑だろう。理恵は学生時代、それほど好きではない食材が実家から郵送されてきて困った経験を思い出した。

「費用は伯母さん持ちなんですが、何度おじさんが注意してもだめなんですよ。わるい人じゃないですし、善かれと思っての行動だから断り切れなくて。……あれ、理恵さんに伯母さんのことをお話ししましたっけ」

「前にちょっとだけね」

理恵は動揺を必死に隠す。例の伯母さんについては忠司からしか聞いていない。口止めをされていたのに、早くも忠司と会ったことが露呈するところだった。幸い梓は気づいていない様子だ。

その後も世間話を続けていると、話題は自然と忠司のことに移った。昼間の様子からもわかったが、梓との関係は微妙にすれ違ったままのようだ。

「連絡はしているんですが、最近ずっと返事が素っ気ないんです。理恵さんから焦らないようにアドバイスをいただきましたが、どうしても気が急《せ》いてしまいますね。すみません、また相談になってしまいました」

「いいんだよ」

そこで理恵は、昼間のことを思い出す。慎哉は忠司を助けようとした。それは静句の存在があったからだ。麻野もきっと同じ風に考えるはずだ。

「麻野さんに話してみない？　きっと、忠司くんの力になりたいと考えてくれるはずだよ」

電話口で梓が息を呑《の》むのがわかった。梓の返事を待ちながら、理恵は自分の言葉の是非を考えていた。梓の伯母さんと同じで、余計なお節介ではないだろうか。発端が善意でも状況を悪化させることは決して珍しいことではない。

「麻野さんなら何かわかるんじゃないかと、私も考えていました」

梓は絞り出すように言った。

「これ以上迷惑をかけるのが申し訳なかったんです。でも理恵さんにそう言っていただいて決心が固まりました。ありがとうございます。週明けに麻野さんに相談してみたいと思います」

「うん、それがいいよ」

梓はふたたび礼を告げ、電話は切れた。テレビでは無音の天気予報が流れている。明日からはしばらく晴れが続くらしい。忠司と梓の心に平穏が訪れてほしいと理恵は願った。リモコンで消音ボタンを押して消音設定を解除すると、気象予報士が明日から寒さが続くと説明していた。

4

寒さは予報通り厳しかった。地下鉄の駅から地上に出ると風がなく、日の出前の薄闇にはしんとした緊張感があった。

梓との買い物の際に買ってあったダークブラウンのパンプスはまだ足に馴染んでいなくて、かかとが擦《こす》れて痛みを感じた。

普段よりゆっくり歩き、スープ屋しずくの前に到着する。しずくの灯りは暗い路地を暖色で照らしている。OPENと書かれたプレートが下げられたドアを押すと、からんころんとドアベルが鳴った。

「おはようございます、いらっしゃいませ」

麻野が穏やかな声で出迎えてくれ、理恵は暖かな店内に足を踏み入れた。

「理恵さん、おはようございます」

テーブル席に梓が座っている。隣に忠司がいて、理恵に小さく会釈した。忠司は緊張した面持ちだ。因縁の深い場所で、居場所がないと感じているのかもしれない。カウンターの露が理恵に挨拶をしてくれる。

「おはようございます」

理恵はみんなに朝の挨拶を返してからコートを脱ぎ、ハンガーにかけて梓の正面の席につく。今日、スープ屋しずくの朝営業時間に会いたいと提案したのは梓だった。忠司のスープの一件は、あれから麻野に相談してすぐに解決したという。その際に忠司がスープ屋しずくを訪れたことも知り、梓は関係した人たちに顚末《てんまつ》を報告しようと考えたのだ。

慎哉も来る予定だが姿が見えない。麻野がカウンターの向こうから声をかけてきた。

「慎哉くんはきっと遅刻でしょう。先に朝食をいただきましょう。本日の朝ごはんは、しずく風白いビーフシチューです。みなさん、もうお出ししても大丈夫でしょうか」

ビーフシチューなのに白とは珍しい。先日クリームシチューに入れる具の話題になったが、一般的には豚肉や鶏肉などが多いところを牛肉にしたのだろうか。梓や忠司も興味津々といった様子で、一同は麻野に料理をお願いした。

麻野が準備のために厨房に入っていく。その間に理恵はお茶とパンを用意する。ルイボスティーを淹《い》れ、ライ麦パンを用意して席に運ぶ。すると麻野がトレイに皿をのせてテーブルに近づいてきた。

「お待たせしました。ゆっくりお召し上がりください」

赤や青の幾何学模様の入った絵皿に、白色のスープがたっぷり盛られている。具材はスライスした薄切り牛肉がメインのようだ。他にも玉ねぎや人参、マッシュルームなどシチューに定番の野菜類が入っていた。

皿からふわりとホワイトシチューとは違う匂いが漂う。酸味を含んだ爽やかな香りは、ヨーグルトやクリームチーズを連想させた。味の想像がつかず、理恵は木製のスプーンを手に取る。とろっとしたシチューをすくって口に運ぶと舌触りは滑らかで、香りから連想された酸味が感じられた。それと同時にしっかりとしたコクもあった。

「これはサワークリームですか?」

ヨーグルトより濃厚で、クリームチーズより酸味が強い。理恵の推測に、麻野が嬉しそうにうなずいた。

「ご明察です。ロシア料理のビーフストロガノフを参考に、アレンジを加えてみました」

「ビーフストロガノフって、あのハヤシライスみたいなやつですよね」

梓と忠司もスープを食べて驚いている。ホワイトシチューを想像して酸味を感じたら、誰でも意外に思うはずだ。

「日本ではトマトを使用して煮込むのが定番ですよね。ですがウクライナなどではサワークリームを使用した白色のビーフストロガノフも多く食べられているそうです。今回はそちらを下敷きにして、シチューとして楽しめるよう手を加えてみました」

ビーフストロガノフよりも水分が多く、スープ料理として味わえる。牛肉だからくどくなるかと心配したが、下拵《したごしら》えか調理方法のおかげか風味に品があった。脂身がほとんど削《そ》ぎ落とされ、赤身肉の旨みがしっかり感じられる。サワークリーム特有の発酵の匂いも消え、程よい酸味が朝に適した味にしてくれていた。細切り玉ねぎや人参など定番の具は、馴染みの薄い料理に安心感を演出してくれている。

理恵はブラックボードに目を向ける。スープ屋しずくの店の奥にあるブラックボードでは、日替わりスープに使われる食材について栄養素などを解説しているのだ。普段は野菜が多いが、今日は珍しく牛肉について書かれてあった。

日本では昔から霜降り肉が重宝されていたが、近頃は赤身肉も注目されている。タンパク質は身体《からだ》を構成する重要な栄養素だ。良質なタンパク質を摂取することは、健康の維持やダイエットにも繋がる。そして牛肉はタンパク質の優れた摂取源になる。

特に牛肉の赤身は脂肪燃焼に繋がるとされるLカルニチンが含まれているそうだ。他にも亜鉛やヘム鉄などのミネラルも豊富で、日々の活力を得るには欠かすことのできない食材なのだという。

　梓も露もにこやかにシチューを食べ進めていた。麻野の料理は食べる人を自然に笑顔にする。だが最も大きく反応を示しているのは忠司だった。

「めちゃくちゃ美味しい。これ、静句さんの味です。懐かしいな……」

　忠司はかきこむようにシチューを食べ進め、目には涙さえ浮かべている。するとそこにドアベルが鳴り、慎哉があくびをしながら入ってきた。いつも立っている髪の毛が寝ていて、眠そうな目をしていた。

「いやあ、遅刻してすまん。昨日飲みすぎちゃってさ」

「慎哉さん、おはようございます」

　忠司が椅子から立ち上がり、朝に似つかわしくない大声で挨拶する。慎哉が面倒そうに手を振ると忠司は席についた。

　慎哉はカウンター席の露の隣に腰かけると、麻野がオレンジジュースを置いた。ビタミンCは酔い覚ましに効果があるとされている。慎哉が飲み干す間に、麻野がシチューを用意する。慎哉は椅子の背もたれにだらっと寄りかかり、梓に声をかけた。

「そういや忠司がへそを曲げた理由がはっきりしたんだよな。どうして梓ちゃんの作ったポトフが、暁のレシピより美味しくなったんだ？」

梓が疲れたように肩を落とした。

「お騒がせして申し訳ありません。実は親戚が勝手なことをしたせいなんです」

「それって例の伯母さん？」

理恵の指摘は正解だったようで、梓が目を閉じてうなずく。

「我が家の台所には水を溜《た》める青色のタンクがあるんですが、伯母はその中に勝手に牡蠣の殻を入れていたんです」

タンクについては忠司から聞いている。震災を機に、断水対策で設置したものだ。

「伯母さんは以前からタンク内の水の状態を心配していました。長く溜めた水はお風呂で使うと説明したのに、伯母さんの耳には入らなかったみたいで」

そんな折、伯母さんはテレビの影響を受けて生牡蠣を大量購入した。その同時期に伯母さんは牡蠣の殻に水を浄化する作用があるという知識を得たのだそうだ。

伯母さんは自分用の牡蠣を食べた後、水洗いやオーブンで加熱処理を施すなどした殻を持って梓の家を訪れた。

「でも普段からおじさんに怒られていることが急に気になったみたいで。伯母さんはこっそり牡蠣の殻を例のタンクに入れて、そのまま黙っていたんです」

梓のおじさんは月に一度掃除をしている。しかし牡蠣の殻を入れたのは掃除の直後で、見つけられなかった。タンクは透明でないため外からも見えない。風呂水に使うため運ぶこともなく、底に殻があると気づけなかったらしかった。

つまり梓の家で料理をした際には、牡蠣の殻の入ったタンクの水を使用したことになる。それについて忠司はうつむきながらこう話した。

「お邪魔している身分だから、古い水を使おうって思ったんです。梓も普段から飲料水として使ってるみたいだし、問題ないと考えてタンクから鍋に水を注ぎました」

そこで慎哉が口にシチューを入れたまま聞いてきた。

「牡蠣を入れると本当に水が綺麗になるのか？」

質問に答えたのは梓ではなく麻野だった。

「牡蠣の殻をそのまま入れて浄化作用があるか、僕にはわかりかねます。ただ、別の効果は生まれると思います。それは水の硬度が上がることです」

牡蠣の殻の主成分はカルシウムで、他にもミネラル分が含まれているという。水に入れたことで牡蠣の殻の中の成分が溶け出す。その結果、硬度が変化したというのだ。

「硬度って何？」

露が授業中のように手を挙げて質問し、麻野が先生みたいに説明をはじめる。

「水は一見すると透明だけど、実は色々な成分が溶け込んでいるんだ。そしてカルシウムやマグネシウムなどのミネラル分の量が多いほど高度が高い水とされる。原則として日本の水は硬度が低く、軟水とされているね。そして欧米の水は硬度の高い硬水が多いんだ」

「そうなんだ。知らなかった」

新しい知識に露が目を輝かせる。理恵もミネラルウォーターを飲む習慣があった。軟水は口当たりが柔らかく、硬水は文字通り硬い味がする気がした。

「料理は風土や気候の違いによって育まれていきます。例えばですが緑茶を硬水で淹れると旨みや渋みが出ずに、色が薄くて味気ないものになります。一方で僕が主に扱うフランス料理は基本的に硬水を使う前提でレシピが構築されています」

梓が自宅で飲む緑茶の味が変わったと話していたことを思い出す。あれは硬水を使って緑茶を淹れたせいだったのだ。

「硬水で肉を煮込むと灰汁が軟水より大量に出ます。そこで丹念に灰汁をすくい取ることで肉の臭みが抑えられた良質の出汁《だし》が取れ、なおかつ肉も軟らかく仕上がります。ただ軟水のほうが手軽ですし、充分美味しく仕上がるので梓さんには簡単なレシピをお教えしました」

普段のスープ屋しずくではミネラルウォーターを使用したり、にがりを加えることで硬度を変えたりしていると麻野は補足した。

梓は理恵に相談した後、麻野に事情を説明した。麻野はいくつかのヒントから真相に気づき、梓にタンクを調べるように助言した。その結果、底に牡蠣の殻が沈んでいるのを発見したのだそうだ。

「伯母さんには、おじさんから注意してもらいました。今は喧嘩中です。ただ、すぐにまた和解して同じことを繰り返すと思いますが」

梓があきれたように言う。

真相は全て判明し、梓と忠司は無事に仲直りした。そこで理恵は忠司の皿が空になっていることに気づいた。二十歳の男性だから、この場の誰よりも食欲が旺盛のようだ。すると麻野が忠司に声をかけた。

「お代わりはいかがですか」

「えっと、はい。お願いします！」

忠司が威勢の良い返事をすると、麻野が皿を持ってカウンターに向かった。シチューを皿に注ぎ、再び席に戻ってくる。忠司の前に置くと、熱々の湯気が香りと一緒に立ち上る。

「これからも困難はあるかと思いますが、一歩ずつ進んでいきましょう。着実に歩んでいくことを、静句さんはきっと望むと思います」

「ありがとうございます」

忠司が目に涙を浮かべ、鼻水をすすった。木のスプーンを手にして、目の前のスープに向き合った。

「いつか必ず社会に出て、静句さんに胸を張れるような男になります」

「応援していますよ」

忠司は涙を腕でぬぐってから、今度はゆっくりシチューを味わいはじめた。慎哉と露が笑みを浮かべ、忠司を見守っている。暖かな空気が店全体を包み込んでいる。その光景を目の当たりにした瞬間、理恵は自分が抱いた感情の正体に気づいた。


食事を終えた梓と忠司が店を出て、慎哉もランチタイムまで寝るために自宅マンションに帰っていった。露も日直があるらしく普段より早い時間に登校していった。新規の客もいないため、理恵は麻野と二人きりになった。

「梓ちゃんと忠司くんが笑えてよかったです」

理恵はルイボスティーに口をつける。ほのかな甘みと苦みが広がる。胃への刺激の少ないノンカフェインのお茶を用意してくれていることが、スープ屋しずくに通い詰めるようになった理由の一つだった。

「そうですね」

麻野は洗った食器を乾いた布で丁寧に拭いていた。理恵がカップを両手で包み込むと、指先にじんわりと熱が伝わった。

「忠司くんが静句さんに心から感謝していることが、今回の一件で伝わってきました。静句さんとの出会いがあったからこそ、忠司くんは前を向いていられるのでしょうね」

理恵が呼吸をすると、カップのお茶の表面にさざなみが生まれた。

「私がこのお店に通うようになって一年以上になります」

「もうそんなに経《た》ちますか」

麻野が懐かしそうに目を細める。理恵はもう一度カップに口をつけ、喉を湿らせた。

「慎哉くんは、静句さんが助けようとしていたから、忠司くんの力になったと話していました」

麻野がグラスを拭く手を止め、不思議そうにしている。理恵が何を言おうとしているのかわからないのだろう。理恵はそんな麻野を真っ直ぐに見つめた。

「麻野さんや露ちゃん、みなさんが静句さんを大切に想う気持ちは、この一年ですごく伝わってきました。静句さんはみなさんを愛し、みなさんに愛されていたのですね」

なぜ今こんなことを話しはじめたのか、理恵は自分でも理解できなかった。だけど一度話しはじめると、堰《せき》を切ったみたいに止まらない。

「私、悔しいんです」

静句を想うときに生じた感情の正体は今、理恵の中で明確に形作られていた。麻野が戸惑いの表情を浮かべる。理恵は息を吸い込み、感情を一気呵成《かせい》に吐露する。

「どうして私はもっと早く静句さんとの関わりが持てなかったんだろう。そのことが本当に、悔しくて仕方ないんです」

誰かを想う気持ちは尊いものだ。だけど同時に怖いことでもある。善意が空回りして、誰かにとって負の結果を招くこともある。

静句も同じだったはずだ。それなのに恐怖と対峙した上で、多くの人を救ってきた。失敗もしたかもしれない。だけど今、静句が蒔《ま》いた優しさの種はこんなにもたくさん芽吹いている。

理恵は麻野が好きだ。そしてスープ屋しずくにまつわるあらゆるものを大切に想っている。それらのはじまりには静句の存在があった。だけど、静句はもういない。

理恵は唇を強く引き結んだ。

「私も、静句さんに会いたかった」

静句がいないことが、理恵には悲しくて、どうしようもなく悔しかった。理恵はこの一年の出来事を通して、静句のことが大好きになっていたのだ。

「突然すみません。変だと思われましたよね」

麻野は驚いた様子のまま止まっている。麻野を困惑させてしまった。亡くなった奥さんについて好き勝手言って、妙なことを言う人間だと思われたに違いない。申し訳なくて、麻野のことがまともに見られない。

「いえ。そんな風に思っていただけて、とても嬉しいです」

麻野は優しい声音で言った。怒っている素振りは感じられない。エアコンが音を立て、室内に暖かな風が流れる。

麻野は皿を手に取り、布で拭くのを再開した。理恵はカップに口をつける。ルイボスティーはまだ温かく、喉を落ちるように通っていった。

麻野が食器類を拭き終え、厨房からトマトを運んできた。段ボールに入った新鮮そうなトマトを眺め、麻野が満足気にうなずいた。

「そういえば慎哉くんから聞きましたが、理恵さんも料理を教わることに興味があるみたいですね。せっかく素晴らしい調理器具も手に入れたところです。僕でよければ先日の梓さんのように、料理についてご指導しますよ」

「えっ」

慎哉の部屋での不用意なつぶやきは、やはり聞かれていたらしい。しかも慎哉はそれを麻野に伝えていたのだ。麻野の提案は正直嬉しい。唐突すぎて頭がこんがらがりそうになるけれど、返事は当然決まっている。

「はい、お願いします」

麻野が照れくさそうに笑った。思い起こせば麻野から何かに誘ってくれたことは、これが初めてかもしれない。何かが変わる予感があったが、ただの勘違いだろうか。外は明るくなり、朝の陽射しが窓から差し込んでいた。あと少しで冬が終わる。店内の静けさに身を委ねながら、理恵は新しい季節に想いを馳せた。

《参考文献》

『新装版「こつ」の科学―調理の疑問に答える』杉田浩一著　柴田書店　二〇〇六年
『江戸東京野菜 Traditional Edo-Tokyo Vegetable』佐藤勝彦著　マガジンランド　二〇一四年
『旬の野菜の栄養事典　最新版』吉田企世子監修　エクスナレッジ　二〇一六年
『釜浅商店の「料理道具」案内』熊澤大介著　ＰＨＰ研究所　二〇一五年
『心も体も温まる　スペインのスープと煮込みレシピ』丸山久美著　ＳＢクリエイティブ　二〇一二年
『辰巳芳子の「さ、めしあがれ。」』辰巳芳子著　マガジンハウス　二〇一六年

初出

「似ているシチュー」　書き下ろし

「ホームパーティーの落とし穴」『「このミステリーがすごい！」大賞作家書き下ろしBOOK vol.16』二〇一七年三月

「ゆっくり、育てる」『「このミステリーがすごい！」大賞作家書き下ろしBOOK vol.17』二〇一七年六月

「窓から見えない庭」『「このミステリーがすごい！」大賞作家書き下ろしBOOK vol.18』二〇一七年九月

「やわらかな朝に」　書き下ろし

この物語はフィクションです。作中に同一の名称があった場合でも、実在する人物・団体等とは一切関係ありません。

宝島社
文庫

スープ屋しずくの謎解き朝ごはん
想いを伝えるシチュー
(すーぷやしずくのなぞときあさごはん　おもいをつたえるしちゅー)

2017年11月21日　第1刷発行

著　者　友井 羊
発行人　蓮見清一
発行所　株式会社 宝島社
〒102-8388　東京都千代田区一番町25番地
電話:営業 03(3234)4621／編集 03(3239)0599
http://tkj.jp
印刷・製本　中央精版印刷株式会社

ISBN 978-4-8002-7765-7

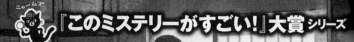

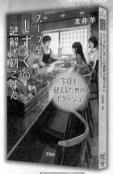

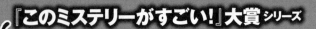

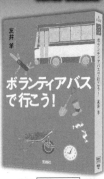

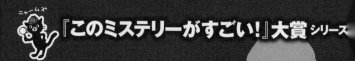

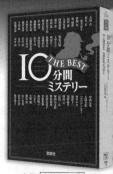